光太　虹の国に行く

いのしゅうじ

文芸社

目　次

1　タマムシ飛行機

ダブルレインボー

海の上に虹がかかっている。それも上下に二つ。まるで七色の太鼓橋だ。

ここは「四国三郎」と言われる吉野川の河口の近く。ランドセルを背負って、じーっと虹を見つめているのは、小学六年生の相良光太。もうすぐ卒業だ。

光太が二重の虹を見るのは初めて。下の虹はくっきりしているが、上の虹はうすぼんやりしている。

「ケイ子とぼくみたい」

光太は一年前、「いなか暮らしをしたい」というお父さんの希望で、東京の大きなニュータウンからこしてきた。

家族はお父さん、お母さん、それに妹の四人。漁師さんの家のはなれが一家の住まい。漁師さん宅のとなりは大きな屋敷。昔は網元だったそうだ。その娘が糸田ケイ子。光太の同級生だ。

光太が通う学校で、卒業式の後の行事として、「おつるさん」という劇が計画された。おつるという女の子が、巡礼姿でお父さんとお母さんをたずねてまわる物語だ。ケイ子はおつる役に選ばれた。

けいこも追いこみに入り、数日前から講堂でリハーサルが行われている。きょうの放課後、光太が講堂をのぞくと、ケイ子は「母はお弓と申します」などと、切ない声をあげていた。

光太にはケイ子がまぶしい。

去年の阿波おどりでは、ケイ子は「海のちびっ子連」のリーダーとして、ダイナミックに男おどりを演じ、大きな拍手をあびていた。

阿波おどりの一カ月くらい前、ケイ子から「おどらな損よ」と、連に入るようおしつけがましく誘われた。光太は「人前に出るのはにがて」とことわった。「なんのために東京から徳島に来たん」とケイ子にいやみを言われても、ただ口をもぐもぐさせているだけの光太なのだ。

おつるの劇も誘われたが、「舞台に上がるなんて、一秒でもいや」とこばんだ。かといって何をするでもない。勉強にも身が入らず、この一年、だらだらと過ごしてきた。

何ごとにも意欲のとぼしい光太だが、どういうわけか二重の虹には心がゆさぶられた。

きっとぼくが変われるしるしなんだ。

光太が前向きな気持ちになるなんて、大事件と言えるかもしれない。

「コウちゃん、一人で何してるん？」

いつの間にかケイ子が後ろに立っている。

「けいこ中じゃないのか」

「きょう、塾の日。だから帰らせてもらった」

ケイ子は勉強もクラスでダントツの一番。クラスの委員長でもある。

「あれだ」

光太は虹を指さした。

「あ、ダブルレインボーやない。すご～い」

ケイ子は首をのばして虹を見上げた。

「幸運がやって来るって言い伝えがあるんよ」

ケイ子は、塾におくれると言って町の方へかけていった。

よほどあわてているのだろう。おしりをプリプリさせて走っている。光太は見てはならないものを見たような気がして、虹の方に目をもどした。

一羽のシラサギがゆったりと飛んできた。光太の目には、羽を生やしたおつるさんが、虹に向かっていくように見えた。

ぼくも虹に行きたい。

「虹に行く」「虹に行く」

光太は呪文のように唱えた。

虹の国の天使

その夜、光太は布団にもぐっても、いっこうに寝つかれない。まぶたの奥でおつるさんがチラチラするのだ。

いっそのこと、おつるさんをしっかり見てやろう。目をキッと開いた。

「あっ」と声をあげた。目のすぐ上で、女の子が羽をひらひらさせて舞っている。体にピッタリの真っ白な上着、やはり雪のように白いミニスカート。

「ひょっとしておつるさん？」

「おつるさんに見える？」

女の子はコロコロと笑って、背の羽をいっぱいに広げた。銀色の羽にうすい青色の筋が入っている。

「わたしエンゼっていうの」

光太にはエンゼルと聞こえた。お父さんの書棚にある「西洋美術」という本の絵に出てくる天使みたいだ。

「きみは天使なの？」

「そう思ってもらってもいいわ」

「まてよ――天使なんかいるはずがない。ほんとうは何者なのだ」

「疑うのね。わたしは虹の国から来たのよ」

バカバカしい。ぼくは夢を見てるんだ。どうせ夢なら、ケイ子のおつるさんの方がいい。

「光太くん、ケイ子ちゃんの方がいいと思ったでしょう」

エンゼはクスクス笑いだした。

「わたしだって、おしりプリプリできるのよ」

おしりを左右にふり、足をバレエダンサーのようにさっと上げる。エンゼの真っ赤なクツが光太の目に飛びこんできた。

「光太くんが信じてくれるまで、何度でもたずねてくるから」

と言い残して、エンゼはスーッと姿を消した。

翌日の夜から、エンゼは四日つづけてやって来た。純白の服と青筋の羽は同じ。クツだけがちがう。だいだい、黄色、緑、青。そして五日目の今夜はアイ色だ。

今年のお正月、お年玉でＵＳＪに行く夢を四日つづけて見たけど、五日目にはあきらめて見なくなった。六日も同じ夢を見るなんて……。そうか、これは正夢なんだ。

「やっと信じてくれたのね」

エンゼはニコッと笑った。ぽっちゃりした顔はどこかケイ子に似ている。

「虹の国に行きたいのでしょ」

「うん。でもほんとうに行けるの？」

「二重の虹のときだけ行くことができるの」

「どうすれば行ける？」

「自分で調べなさい」

この命令口調、ケイ子とそっくりだ。

「ケイ子ちゃんっていい子よね。わたし好きよ」

チャーミングにウインクしてエンゼは消えた。

タマムシ採集

虹に行くには、どう考えても飛行機がいる。

光太はお母さんに聞いてみた。

「飛行機つくるにはどうしたらいい？」

「何をバカなこと言ってるのよ。もうすぐ中学生でしょ。勉強しなきゃダメじゃない」

お父さんに聞けばもっとバカにされるだろう。「いなか暮らしがいい」と言ってたくせに、けっきょく銀行につとめた。なんのために徳島に来たんだ、まったく。

光太は、もやもやした気持ちがはれないまま、中学生になった。

中学校でもケイ子と同じクラスになった。この学校には「浄瑠璃クラブ」がある。人形を使って、おつるさんの芝居を演じるらしい。

ケイ子は入学した日にクラブに入った。

「わたし、けいせいあわのなると、演じたいのだ」

セーラー服を着たせいなのか、ケイ子は少し大人びた言い方をした。

「ケイセイ？　なんだ、それ」

ケイ子は「傾城阿波の鳴門」とノートに書いた。

城が傾く？　光太にはとても理解できそうにない。

最初、「阿波おどりの名人になりたい」と言っていたケイ子は、最近、「大学の医学部に行って、お医者さんになりたい」と言いだしている。

光太とは天と地の差だ。でも虹に行きたいとは思わないだろう。

自分で調べろ、と言ったエンゼの言葉が光太の頭にこびりついている。

おそるおそる、学校の図書室のとびらを開いた。天井までズラッと本が並んでいる。光太はくらくらした。

担当の先生に「飛行機の本を探しています」と言うと、一冊の本を選んでくれた。表紙に模型飛行機のような絵がかいてある。

明治時代、タマムシの飛ぶようすをヒントに、「玉虫型飛行器」を考えた人がいた。飛行機にモーターを取り付けるのには大変なお金がかかるので、実現しなかった。そのお金があれば、ライト兄弟よりも早く空を飛べたかもしれない。

先生が、こんなふうに本の内容を説明してくれたので、借りることにした。

光太には「玉虫型飛行器」の物語は少し難しかった。中身よりも、「玉虫」の文字に、光太は引きつけられた。

タマムシなら東京にもいた。徳島ならもっといるだろう。タマムシをかき集めれば、虹まで飛んでいけるんじゃないのか。

でも、何千匹ものタマムシをどうやって集める？　一人ではとてもムリだ。

光太はある決断をした。

一学期の終業式。校長先生が「夏休みの注意」を話した後だ。講堂の真ん中あたりにいた光太が、生徒の列をかき分けて、いきなり舞台に上がった。

アッとどよめきが起き、教頭先生が止めようとしたとき、光太はマイクにとびついていた。

「ぼくは虹に行こうと思っています。そのためには、たくさんのタマムシが必要です。みなさん、タマムシ取りに協力してください。お願いします」

先生も生徒もあっけにとられている。「アホ、夢見てるんか」とヤジがとび、ワーッと笑いがうずまいた。

自らを奮い立たせた勇気はどこへやら、光太はしっぽを丸めた犬みたいに、すごすごと舞台を下りた。

すると、ケイ子が舞台の前までかけよって、大声でさけんだ。

「光太くんは二重の虹を見ました。真剣です」

ケイ子の言葉に反応したのは、野球部のエース、エイジだった。

エイジは、甲子園に何度も出ている阿徳商業高校から誘われている。学校中の期待の星だ。

エイジはガガガッとダッシュして舞台にとび上がり、マイクをにぎった。

「夢を見て何が悪い。オレも甲子園優勝投手の夢があるから、きびしい練習にたえられるんや。みんなでタマムシ取りに協力したろうやないか」

玉虫王の王冠

エイジの鶴の一声は効いた。夏休み中の登校日に、多くの生徒がタマムシを虫かごに入れて、持ってきてくれた。

エイジファンクラブの女の子たちは「セミ取りすらしたことなかったけど」と、練習中のエイジに十匹ほどのタマムシをさしだす。

「光太にわたせ」

光太と同じクラスのカヨは「それじゃ代わりに」と、ファンレターをちゃっかり手わたす。

こんなぐあいに、タマムシ取りはこの夏一番の事件になったが、集まったのは百匹あまり。

「わたし、阿波おどりのけいこ休んでまでタマムシ探しをしたけど、見つからなかった」

ケイ子は光太に申し訳なさそうな顔をむけたが、当の光太がつかまえたのはたったの三匹。

「コウちゃんがこれじゃあ話にならないね」

とケイ子はあきれかえった。

その夜、光太の寝床にエンゼがやって来た。

いつもの服装だが、今夜のクツは紫色だ。

「玉虫型飛行器のこと勉強したのは感心よ。でも飛行機を飛ばせるほどのタマムシを取れるはずないじゃないの」

「虹には行けないんだ」

「ダメ、あきらめちゃ」

「どうすればいい」

「玉虫王にお願いすれば、うまくいくかもしれないわ」

「玉虫王?」

「玉虫世界の王さまよ。深い山の奥に玉虫宮殿があるの。今から行きましょ」

光太はあわててパジャマから着がえ、エンゼの後を追った。

月のない真夜中だ。どこをどう走っているのか、光太にはまったく見当がつかない。谷をさかのぼり、岩をはい上がった気がする。どれくらいの時間がたったのだろう。つかれきって、光太の心臓がパンクしそうになったころ、エンゼが羽をすぼめた。

「ここよ」

目の前に大きな赤い門。その向こうから「たま」と呼びかけてきた。エンゼが「むし」と答えると、門が音もなく開いた。

こい緑の道を進むと、緑、青、だいだい、紫にいろどられた宮殿。「たま」「むし」の合言葉で中に入ると、そこはキラキラと金色にかがやく大広間。その奥は一段高くなっていて、赤いマントをはおった王さまが、ごうかなイスにどっかり座っている。

「光太くんを連れてきました」

いつの間にか、うすいピンクのドレスに着がえたエンゼが、うやうやしく頭をさげた。

王さまは、きらびやかな羽をゆったり上下させて、口を開いた。

「われわれは虹のように美しくなろうと、何千年もの間、血のにじむ努力をかさね、色あざやかな羽になった。するとどうだ。人間はわれわれを美術品に使いだした」

光太はキョトンとしている。タマムシの羽を用いた国宝があることを、光太が知っているはずがない。

「われわれは、見る角度で羽の色が変わるように工夫した。政治家どもは『玉虫色』を、どうとでもとれる言葉として、つごうよく使いだした。これは、われわれの苦労をふみにじる、許しがたい行いである」

天をつくような王さまのはげしい怒り。光太はどうしたらいいのかわからず、ただぼーっとつっ立っている。エンゼに「頭を低くしてお願いするの」とたしなめられ、あわてて腰をかがめた。

「に、に……虹の国に行けば、ぼくはどんくさくなくなると思います」

「人間は、どんくさい者をバカにするからな。わかった。日本中のタマムシに集合をかけよう」

王さまの金の冠が虹色に変わったのを見て、エンゼが光太に手をさしのべた。

「王さまが約束を守ってくださるあかしよ」

一万匹のタマムシ

夏休み最後の日の朝、起きたばかりの光太が窓から外をながめると、西の空に虹がかかっている。

外に出てみた。虹は二重だ。

「チャンス到来よ、光太くん」

頭の上からハープの音色のような、すんだ声が聞こえてきた。見まわしても、だれもいない。

「エンゼよ。明るいところでは、あなたには見えないの。だから声を出してるの」

そういえば、暗やみではエンゼの声は聞こえなかった。でも、エンゼが話す言葉はわかった。どういうことだろう。

「難しく考えなくていいの。人間には理解できないことだから」

エンゼはホホホと笑って、ひとこと命じた。

「わたしの声の後についてきなさい」

エンゼは家々がたてこむ町の方に向かう。ほどなく遊園地の作業場に着いた。そこに飛行機がおいてある。

どの遊園地にもある、ぐるぐるまわるタイプの飛行機だ。修理中なのだろう。

「光太くんはこの飛行機で虹の国まで行くの」

「遊園地の飛行機が大空を飛ぶはずないだろ」

エンゼはウフフフとふくみ笑いし、「ほら、来たわよ。東の方を見て」と、きれいなソプラノ声で言った。

光太が東の空に目をむけると、真っ黒なかたまりがこちらの方に飛んでくる。あっという間に、作業場の広場に降りてきた。タマムシの大集団だ。一万匹はいるだろう。

少し大きいタマムシが光太の目の前で、ヘリコプターのホバリングみたいに、空中停止した。

「わたしはグンソウ。先導役。間もなく飛びます。いそいで乗ってください」

光太が飛行機に乗るのを見とどけたグンソウ。「スタート用意」と言うと、全タマムシが糸でむすばれ、飛行機とつながれた。

「出発」

飛行機は、フワッと飛び上がった。

飛行機には前後二つの席があり、光太は前の席だ。

雲の上に出た。二重の虹が間近にせまる。

光太は胸をワクワクさせた。

「わたしもワクワクよ」

すぐ後ろからの声だ。ふりかえると、後部座席にケイ子が座っている。

「ケイ子！　なんでここに？」

すぐ上で、エンゼがニッコリ飛んでいる。

2　虹の国小学校

太陽の塔の王宮

ケイ子が飛行機から身をのりだした。

「コウちゃん、塔が見える。あそこに滑走路があるんやわ」

それから一、二分たつと、飛行機はどんどん高度を下げだした。

タマムシが飛行機とつないでいた糸をはずし、いっせいに離れていく。

飛行機はスーッと滑走路にすべり降りた。ベテランパイロットなみのふんわり着陸だ。

「タマムシ飛行機はすごい」

光太が感心していると、ケイ子は「エライヤッチャ、エライヤッチャ」と口ばしりながら、上体をゆすった。座ったまま阿波おどりをしているのだ。

「人類で初めて虹の国に来たのよ、わたしたち」

ドドーンと二つの花火が上がった。

真ん丸な七色の花火だ。一つは赤が外、一番内側は紫。もう一つは遠くに上がっていて、逆に外が紫、内側が赤。

「コウちゃん、歓迎の花火よ」

「うん。しかも同時に二つ」

「一つは主虹型、もう一つは副虹型。わたしたちみたい」

「どっちが主なんだ」

「さあ、どっちかしら」

ケイ子は意味ありげに、ニッと笑った。

「でも、ふしぎな町ね」

家々は、どれもこれも、グンニャリとゆがんでいるように見える。

「窓が色とりどりよ。テレビで見たスペインの建物みたい。すてき」

「虹の国はスペインをまねたんか？」

ケイ子はそれには答えず、

「太陽の塔なんだ、さっき見た塔は」

「塔？　ジャンボハニワじゃないのか」

「そやねえ。まゆ、目と鼻、口があって、両手をのばしているように見えるわね」

「頭にまるい虹をのせてるぞ」

「太陽の塔を虹の国流につくりかえたんやないかしら」

「そのとおりよ」とエンゼ。何十年も前、大阪万博を望遠鏡でながめていた、虹の国チキュウ大臣が考えたという。

「塔は王宮なの。女王さまがお待ちかねよ」

エンゼにうながされ、光太とケイ子は王宮に向かった。

ニコニコ女王さま

真っ赤な口のような形の王宮のとびらがスーッと開いた。

中にらせん状の階段があり、エンゼを先頭に、一歩一歩上がっていく。

ケイ子は興味深そうに目をキョロキョロさせる。上がるにしたがい、内部がせまくなる。光太の足どりは重い。閉じこめられてしまうのでは、と不安なのだ。

「光太くん、だいじょうぶよ」

エンゼが笑みをうかべ、女王さまについての説明をはじめた。

虹の国で今、一番えらいのは女王さま。王さまが亡くなられたとき、女性の方が国をおだやかにするからと、女王制に変わった。女王さまは、推薦された候補の中から、選考委員が話し合って決める。

「へーえ、人間の世界より民主的なんだ」

光太がめずらしく難しいことを言ったので、ケイ子は「かしこくなったねえ」と、皮肉っぽく笑った。

「推薦された中に、頭がよく、美人でそのうえリーダーシップもある女性がいて、だれもがこの人が選ばれると思ったの。でも、そうではなかった。なぜだと思う？」

「気が強すぎるんやないの」

「わがままなんだ、きっと」

ケイ子と光太の答えにエンゼは首をふった。

「その人、性格も申し分なかったわ」

エンゼの話では、女王に選ばれた人は推薦されていることも知らなかった。選考委員の面接のとき、何をたずねられても、ニコニコしているだけ。最初、バカかと思っていた委員たちも、心をもみほぐすような笑顔にすっかりみいられ、全員一致で決まった。

委員会が終わって、

「あなたが女王です」

と告げられたときも、だまってニコニコしていただけだったそうだ。

「ニコニコ女王さま、なんだ」

女王さまと聞いて、緊張していた光太はちょっと安心した。

最上階に到着し、とびらをギーと開けて王室に入る。

女王さまは緑のイスに腰をかけている。茶色っぽいじみな服装。頭も冠ではなく、茶色の帽子だ。女王ハニワがゆったり座っている、といった感じ。胸に虹のマーク。女王のしるしのようだ。

「光太くんとケイ子ちゃんをお連れしました」

エンゼが二人を紹介し、すっと部屋から消えた。あとは自分たちでお話ししろ、ということらしい。

「虹の国はどんな国ですか?」

ケイ子の質問に女王さまは答えず、ニコニコしている。

ケイ子はイライラして、まゆをしかめた。女王さまは、ふっくらとした顔をさらにやわらかくし、ほんわかとした目をケイ子にむける。ケイ子のほおが、ふわっとゆるんだ。ふしぎなことに胸がポカポカする。

「ぼくは虹の国の小学校のことを知りたい」

という光太に、女王さまは胸の虹マークに手をやり、あたたかいまなざしを送った。

ケイ子がささやいた。

「たぶん小学校に行ってみなさい、って意味よ」

閉じられたアイ組

虹の国小学校は王宮から五分くらいのところの、七階建ての建物だ。

赤、だいだい、黄、緑、青、アイ、紫の七クラス。一年は赤、二年はだいだい——といったぐあいで、六年生は紫。各学年一クラス編成だから、一クラス余る。それがアイ組。とエンゼが話してくれた。　光太とケイ子が女王さまと会っている間に、役人から聞いたらしい。

「アイ組だけ、のけ者みたい」

首をひねる光太に、エンゼが顔を近づけた。

「でも、アイ組っておもしろいのよ」

ケイ子の目が光った。がぜん好奇心がわいてきたらしい。つられて光太も、目を真っすぐエンゼにむける。

「小学校を卒業した後、あらたにアイ組に入れるの。小学七年生のクラスね」

「なんのため？」

光太とケイ子が同時に声をあげた。

「ニコニコ顔の人が女王さまになってるでしょ。笑えなければ虹の国人とは言えないの。だから笑えないまま卒業した子は、アイ組で笑いを学ぶの」

虹の国小学校は九月から新学期が始まる。

こんどアイ組に入るのは五人だそうだ。

「ちょうどアイ組の授業が始まるころよ。行ってみましょ」

エンゼにしたがって学校のそばまで来ると、ふしぎな光景にでくわした。アイ組の教室がある三階のベランダの外の空中で、五人がなんともきみょうな動きをしているのだ。

屋上からつるしたロープをつたって下りている、大きな目の女の子。

舞い上がるタコに体をくくりつけている、おじさんふうの頭でっかち。

棒高跳びでベランダに飛び移ろうとしている足長の男の子。

ベランダと、となりの建物の間をつないだロープにぶら下がっている手長の子。

ベランダから垂らしたロープをつたって、よじ登ろうとしているジャンボ耳の子。

「あんたたち、なんのまね？」

ケイ子がたずねると、頭でっかちが、タコにゆられながら答えた。

「アイ組が閉鎖されることになり、教室のろうか側のドアのカギがかけられた。だからベランダから教室に入るんだ」

「閉鎖？　どうして」

「笑えんやつのためのカネは出さん、と新しいモンブ大臣がとつぜん言いだした」

「それって、アイ組をつぶす、ってことやないの」

ケイ子がいつもより一オクターブくらい高いキリキリ声をあげた。

「アイは徳島の特産品よ。つぶすなんてこと、わたし、だんじて許さない」

パラシュート作戦

五人の虹の国の子はそれぞれの方法で、ベランダにたどり着いた。

「よかったね、アイ組の子どもたち」

光太がねぎらいの言葉をかけると、頭でっかちが額のしわを寄せた。

「子どもたち、というのはちょっとちがうんだ」

いったいこの人は何歳なのだろう。光太の目にはどう見ても中年のおじさんだ。

目の大きい子が教えてくれた。頭でっかちはなんと虹の国大学のニンゲン学教授で、れっきとした博士なのだ。

「そんなすごい人が、どうしてアイ組なんかに入りたいの？」

「わたしは子どものころから勉強ばかりしてきた。ふと気がついた。心から笑ったおぼえがない」

「博士が笑いころげたらおかしいよ」

「研究につかれると、笑いたいと思うことがあるんだ」

「へーえ、博士も笑いたいんだ、ほんとうは」

光太はケイ子と話し合って、ハカセと呼ぼうとしたけど、「いやだ」と博士はこわい顔。けっきょくデッカチと呼ぶことにした。目の大きい女の子はセンリ。千里眼の略だ。あとの三人は、アシナガ、テナガ、地獄耳を省略してゴクミミ。

「わたしたちも仲間に入れて」

とケイ子がいうと、五人が声をそろえた。

「おいで、いっしょに笑う勉強しよう」

「笑いならわたしが教えたげる」

「ほんと？」

センリは大きな目をさらに大きく開いた。

「わたしに習ったら女王さまになれるよ」

「うれしい」

「じょうだんよ」

だれも笑わない。笑うことを知らないというのはほんとや、とケイ子は思った。

「わたしたちもベランダに行かなきゃ」

「どうやって」

「飛行機があるでしょ、コウちゃん」

ケイ子はすばやい。エンゼに声をかけると、十分後にはタマムシが滑走路に集合し、飛ぶ準備ができた。

「飛行機からベランダに飛び降りるってこと?」

「そうよ」

「むちゃだ、できっこない」

「まかしといて。コウちゃんはわたしの言うとおりすればいいの」

飛行機はすぐに飛び立った。王宮の上空をせんかいし、虹の国小学校に向かう。

「足の下にパラシュートがあるでしょ」

ケイ子に言われてのぞきこむと、白い布のかたまりがつっこまれている。

「エンゼが調えてくれたの」

ケイ子はククッと笑いながら、パラシュートのつけ方を光太に教え、自分でもさっとつけた。

飛行機は小学校の真上にやって来た。

「今よ」

ケイ子がポンと飛び降りる。光太はブルブルふるえながら、あとにしたがった。

笑いの初歩

ケイ子がベランダに降り立った。

光太の方は、パラシュートが開いても足をバタバタさせたので、真っすぐには降りてこない。

「ヒャー」

光太が体をねじった。ますますベランダから離れる。

テナガが両手をいっぱいにのばし、光太の足をかかえこんだ。テナガの手はテナガザルの倍くらい長いのだ。

ベランダに降ろしてもらったというのに、光太のふるえは止まらない。

ケイ子が目をつりあげた。

「アイ組五人の前ではじをさらすなんて」

デッカチがたしなめる。

「おこってはいけません」

デッカチは、頭がお化けカボチャみたいにばかでかいだけでなく、ブルドッグも負けたといいそうな、はば広のペチャ鼻。顔の半分は鼻なのだ。

頭で考えたことを、鼻でねりあげるのかしらん。と思うとおかしくなって、ケイ子はプッとふきだした。

「なぜ笑うんですか」

デッカチが真顔で問いつめると、小さな目が大きな鼻にかくれたので、ケイ子はおなかをかかえた。

ゴクミミが、耳をピクピクさせてたずねた。

「そんなにおもしろいですか」

「おもしろいわよ、あなたたち」

「虹の国人はおもしろいってことなの？」

センリが目を丸くしてケイ子を見つめる。そのまぶたから出る純真な光。ケイ子はいっしゅんクラッとしたが、踊っているふりをしてごまかした。

「足の運びがたくみですね」

と感心したのはアシナガ。あまりにも足が長いので、二本の電信柱がノッシノッシと歩いているように見える。その柱の上に、三角のおにぎりのような顔がのっている。

ケイ子は去年の阿波おどりのとき、ノッポ男のとぼけた踊りがおかしくて、笑いころげたのを思い出した。

「みなさん、中に入りましょ」

ケイ子が教室の窓に手をかけた。カギがかかっていなくて、すっと開いた。

アイ組は閉鎖されたので、机もイスもなく、がらんどう。

ケイ子がみんなを横一列に立たせた。

「笑って」

「笑うなんてムリ」

「むりしてでも笑顔をつくるの」

「どうやって」

「わたしをまねるの」

ケイ子が阿波おどりを踊りだした。

「思いきり手と足を動かすの。動かしているうち、笑うようになるよ」

虹の国の五人は、もそもそと手足を動かす。顔はこわばったままだ。

「エライヤッチャ、エライヤッチャ、ヨイヨイヨイヨイ」

「さあ、声を出して」

「エラチャ、エラチャ、ヨヨヨ……」

「そうそう、いいわよ。声を出しながら、教室いっぱいに踊りましょ」

「エライッチャ、エライチャ、ヨイヨヨヨ」

大声をあげて動きまわると、少しずつ五人の顔がほころびはじめる。

「そう、その調子。できるやないの、みんな」

3　白玉伝説の山

ヨツモト主義

デッカチが阿波おどりの足を止めて言った。

「アイ組を復活させよう」

センリが首をかしげた。

「どうやって?」

「モンブ大臣にかけ合うんだ」

「モンク大臣って言われてるそうよ。だれかれかまわず、文句ばかり言うきらわれ者。いったん決めたことは、テコでも変えないがんこ者だって話よ」

「やってみなきゃわからない。大臣室に行こう」

モンブ大臣の部屋は、王宮の裏のモンブ省の建物の中にある。

秘書の女性は、部屋に入ってきたデッカチを見て、「あ、博士！」と、あわてて立ち上がり、大臣のところへ通してくれた。

大臣はハニワのような服を着て、ゴーグルみたいなメガネをかけている。生きたハニワとはこういう姿を言うのだろう。

大臣は虹の国小学校の図面に目をとおしていた。

「アイ組の教室をどう使うか、考えているところだ。ちょうどよかった。博士、いい知恵はないかね」

「なに！」

「博士として来たのではありません。わたしはアイ組の生徒です」

大臣はさぐるように、上目づかいをした。

「お願いに来たのです。アイ組の閉鎖はやめてください」

「もう決めたことだ」

「教室をなくす理由なんかないでしょ」

大臣は、氷のマスクをとおしたような冷たい声でかえしてきた。

「ヨツモト主義のことは、博士ならわかってるはず」

ヨツモト主義は、最近なったばかりのソウリ大臣がかかげた方針だ。

「虹の国を笑いの国にする」ために、
①朝起きるとまず笑う（おめざめ笑い）
②人と会ったとき、まず笑う（あいさつ笑い）
③食事のとき、まず笑う（食事笑い）
④寝る前にまず笑う（おやすみ笑い）
の四つを国民に求めている。

ソウリ大臣が国会でこの方針を示す演説をしたとき、ほとんどの国民は、「まず笑う」を「まずく笑う」と聞きちがえ、ソウリ大臣のまずしい笑い顔を思いうかべた。

ニンゲンの国にお笑いの舞台があると聞いたソウリ大臣が、「よしもと」をもじって名づけた主義と知っている者はだれ一人いない。

「きみたちは、笑うことができずに小学校を卒業したではないか。虹の国の国民として失格だ。そんな者のための教室なんかムダだ」

「笑うことができなかったから、アイ組で学ぶんじゃないですか」

「笑うようになるみこみが、君らにはゼロだ。よく調べたうえで判断した」

「ここにニンゲン界から来た人がいます。阿波おどりを教えてもらったら、顔がほころびました」

「ニンゲン界だって？」

ケイ子が大臣の方に一歩進み、強い口調で言った。

「この人たちは必ず笑うようになります」

大臣はケイ子をまじまじと見つめた。

「わが国はニンゲンの国を参考にして、発展せねばならん」

大臣は「チャンスをあたえよう」と、「白玉伝説」を持ちだした。

「ヤリの山のてっぺんにある白玉にふれる

と、笑うことができると言われておる。白玉に出会えれば、アイ組を再開してもいい」

大臣は期限をつけた。

「ただし、あしたから五日以内だ」

女王さまの香り

「白玉伝説ってなんだ？」

わけがわからないまま大臣室を出たみんなに、デッカチが解説した。

虹の国には何千年も昔から「笑いの白玉」の言い伝えがある。

ヤリの先のようなとがった山のてっぺんに白玉がある。この白玉にふれると、どんなに笑わない者でも笑うようになる。その山まで、険しい山々が何重にも連なっていて、道らしい道はない。

「じつは千年前、探検した者がいた」

デッカチは大きく息を吸って、話をつづけた。

虹の国大学の古い資料をあたってみると、「野をこえ、山をこえ、洞くつにもぐり、垂直のガケをよじのぼり、その先にヤリの山が見えた。あと一歩だったが、たどり着けなかった」と書かれたレポートが見つかった。

「まだヤリの山に登った者はだれもいない」

デッカチは鼻から大きく息をはいた。

「白玉は、だれも見ることができない、虹の国の秘宝なのです」

アシナガが長い足をふり上げ、何かをけるまねをした。

「険しい山なんか、けとばしてやる」

「けとばせるもんか。飛んでいけばいいんだ」

テナガが手をプロペラのようにブルブルまわす。

「そうよ」

センリが目をかがやかせた。

「あと一歩のところまで行った人がいたんでしょ。だったら、もう一歩行けばいいだけよ」

能天気なみんなのようすに、デッカチは少し元気づけられた。

「たしかにやさしいことではない。でも、みんなが力を合わせたら、決してできないことではない」

デッカチは、ウォウォと鼻を鳴らして宣言した。

「われわれはヤリの山に挑む」

それぞれ、食料と寝袋をリュックにつめて学校に集合。光太とケイ子の食料と寝袋は、エンゼがどこかで手に入れてくれた。

さあ、出発。

両側にスペインふうの建物がならぶ虹街道を行く。やがて草原に出た。一面に花が咲きみだれている。赤、黄、だいだい、紫。色とりどりだ。プラスチックでつくった造花みたいにキラキラ光る。

「少女マンガの夢世界やわ」

ケイ子は光太の手をとってスキップした。

草原を進むと、山のふもとに出た。そこに七つの尾根が張りだしている。このいずれかの尾根が白玉へのルートなのだ。

センリは大きな目を三角にした。

「七つもよ。これじゃ、どの尾根を行けばいいのかわかんないじゃないの」

「もう一歩だけ、と言ったのはだれだ」

とセンリをからかったゴクミミも、耳をだらんとたよりなく垂らしている。

デッカチが一番はしの尾根のとっつきのところに行き、体をかがめて鼻をひくひくさせた。デッカチは、ニンゲンの国の警察犬よりも鼻がきくのだ。

尾根から吹きおろす風が、スーッと音をたてて大きな鼻に吸いこまれる。すると、かすかなにおいをもかぎ分けることができるらしい。鼻の穴に、ものすごく高度なにおいセンサーがついているのだろう。

デッカチは順番に、尾根のとっつきでにおいをかいだ。右から六つ目の尾根のところで、鼻がピピッと何かを感じとった。

デッカチが「女王さまの香りがしてる」とVサインをした。

垂直の岩壁

「女王さまの香りって?」

ケイ子が首をかしげた。

「ニコニコ女王さま、お化粧もしてなかったよ」

女王さまがうっすらと口に紅をさしていたことは覚えている。でも、においは感じなかった。

センリも納得できないという目だ。

「王宮からずいぶん離れてるわ。女王さまの香りがするわけないじゃない」

「わたしにもわからん。おそらく白玉の香りだろう」

「女王さまは白玉の香りがするの？」

「笑いの香りというものがあるのかもしれん」

「どんな香りなの？　ジャスミン、クチナシ、それともオリーブ？」

デッカチは額に手をやって、少し考えた。

「……あまい香り。いや、さわやかな香り。いやいや、あたたかい香り。そうだ、これらが溶け合った、心をほわっとさせる香り、と言えばいいかな」

光太は思いきり鼻をひくひくさせた。だけど、なんのにおいも感じない。

人間とはちがうんだ。

と光太が口の中でつぶやくと、ケイ子がクスッと笑った。

「コウちゃん、デッカチは人間とは大ちがいと思ってるでしょ」

「なんでわかるんだ？」

「頭の中も、人間とは比べものにならないのかもしれないね」

そうこうしているうちに、日がしずみはじめた。それぞれ、リュックから寝袋やテントをとりだし、野宿の用意をはじめた。

二日目。六番尾根に登る。だらだら坂を四、五時間。まわりを見わたせる小さな山の頂に出た。

この山の向こうは山また山。峰々は、大海原の波のように果てしない。

みんなが目を皿にする。でも、白玉があるというヤリの山はどこにも見あたらない。

この小さな山を下る。とつぜん足もとから道が消えた。絶壁の上に出たのだ。下をのぞきこむと、ツルツルの壁のような、大きな一枚岩の垂直のガケだ。どう見ても、このガケは下りられそうにない。

「ダメだ」

ゴクミミが耳をふにゃっとさせて座りこんだ。

アシナガがゴクミミの耳を引っぱった。

「このガケを下りるしかないだろ」

「できっこない」

「命がけで下りるんだ」

「だれが」

「ぼくが」

アシナガは垂直の壁の上につき出ている岩をつかみ、鉄棒みたいにぶらさがった。そろりそろりと体を下ろし、足をのばす。

足が、ガケの下の平たい岩に着くまで、あと十センチ、あと五センチ、あと三センチ——。アシナガは顔を真っ赤にして足先に力をこめる。つまさきがクッとのびた。トップバレリーナのように真っすぐに。グッときばる。下の岩に足の先が着いた。

「やった！」

上からロープを垂らすゴクミミ。耳はアコーディオンのように波形にのびる。うれしいとき、なぜかこうなるのだ。

ロープをつたってみんながガケを下りる。小さな広場に出たところで日が暮れた。

洞くつの音

三日目。

歩きだすと、目の前に巨大なロウソクのような山。とても登れそうにない。

「ほら穴がある」

とテナガ。

なるほど、ロウソク山のふもとに、洞くつらしい穴が見える。ゴクミミが中をのぞきこんだ。真っ暗だ。

「そうなん例が報告されている」

デッカチの話では、何百年か前、洞くつに入った探検隊が出てこれなくなった。いまだに発見されていない。

「おそらく探検隊はまちがった洞くつに入ったのだろう」

デッカチは一つせきばらいをした。

「洞くつは、いくつもあると言われている。その中に正しいのが必ずある。なんとしてでもそれを見つけだすのだ」

みんなで手分けして探す。洞くつの穴は十数カ所もあった。一つひとつ、中に入って確かめたのでは、いつまでたっても白玉には行きつかない。

光太が何気なくもらした。

「正しい洞くつなら、きっと出口がある」

当たり前のことを言ったにすぎないのに、これがヒントになった。

「コウちゃんの言うとおりかもね。入り口から出口へと空気が流れてるはずだわ」

さすがケイ子。いい意見だ。

だがデッカチは学者。ついつい慎重になる。

「ものすごく長い洞くつだろう。観測装置がないのに、空気の流れをとらえることなんかできるのかな」

「夜、遠くの音が聞こえることあるでしょ。ここからでも音が聞こえるんじゃないかしら」

「たしかに音はしんどうで伝わる。その理屈がここでも合うのかどうか」

「理屈なんか今はどうでもいいでしょ」

センリがデッカチをにらみ、ゴクミミに目配せした。

「うん、わかった」

ゴクミミは一番右はしの洞くつから順々に、その入り口で耳をそばだてる。

四つ目の洞くつで、大きな耳たぶがチチチとしんどうした。

ゴクミミが長い耳をふりまわしたので、デッカチが号令をかけた。

「第四洞くつゴー」

洞くつを、はうように進んでいく。何時間たったのだろう。大きな広場に出た。川ではないのに、青い水のような流れがある。その向こうの岩はクラゲみたいな形をしている。

広場の先は、さらに洞くつがつづいている。天井がアシナガの背の高さくらいもあり、この洞くつが正しいルートに見える。

ホッとした空気に包まれたが、センリは外見にだまされなかった。注意深くまわりを見まわす。クラゲ岩のそばに、人ひとり入れるていどの小さな穴があるのに気づいた。

「こっちかもよ」

ゴクミミが「わかった」と、穴に耳をあてた。

ピリピリ。アコーディオン型耳たぶが小さくふるえる。ピリンピリンと目に見えてふるえだし、ピリリンシャン、ピリリンシャンと大きくゆれた。

ゴクミミがとびはねた。

「この穴だ。出口は近い」

カニの横ばい岩

洞くつをぬけ出ると、するどい山がせまっている。頂上はヤリの先のような形だ。

「ヤリ山！」

いっせいに叫んだ。てっぺんに白玉があるにちがいない。

「あそこまで上がるだけだ」

テナガが、うでにモリモリと力こぶをつくった。どこかでニンゲンの世界のポパイの話を聞いたにちがいない。

「さあ、ここで野宿だ」

デッカチの声にもゆとりがみえる。

こうして三日目が暮れた。

四日目。さあヤリの山へ。

ヤリの山だけに、岩の道がえんえんとつづく。大きな岩をよじ登り、ときにロープを使ってはい上がる。

ゴクミミがハーハーとあらい息をし、岩場で四つんばいになってしまった。

「きょう一日のしんぼうだ」

デッカチがネジをまいても、足はぴくとも動かない。洞くつでエネルギーを使い果たしてしまったのだろう。

センリが後ろから励ましつづける。

「ゴクちゃんしっかり、ゴクちゃんしっかり」

センリがいなかったら、ゴクミミはギブアップしたにちがいない。ゴクミミはたぶんセンリが好きなのだ。

ゴクミミほどではないけど、光太も息があがっている。

前を行くケイ子の足はしっかりしていて、まったくつかれを知らない。

阿波おどりで足を鍛えているからなのだ。阿波おどりをいやがり、練習をことわったのを後悔する光太。しんがりを歩いているので、立ち止まると置いてけぼりになる。光太はひっしに歩を進めた。

この山は、四苦八苦のみんなをあざ笑っているのだろうか。ルート上に横長の一枚岩の壁。ははは五メートルくらいもあり、がんとして通行をはばんでいる。でも、ほかにルートはありそうにない。

五メートル向こうの岩までのびる手があれば、通れないことはない。

「テナガの手でもムリだ」

デッカチがひとり言のようにいって、頭をかかえた。

テナガは、自分がなじられていると受けとった。ひょっとしたら、デッカチはそこまで計算していたのかもしれない。

「オレ、この壁に挑戦します」

大きな声で言いはなったテナガ。ははば広岩の手前の岩に左手をかけ、ブランブランと体を横にゆらす。そのゆれが大きくなったところで、体全体にはずみをつけ、「エイヤー」と、壁の向こうの、でっぱった岩の方に右手をのばす。

届かない。カニが横にはうように手をのばす。

二回、三回とくりかえし、四回目、右手がでっぱり岩にふれた。

五回目。右手がしっかりとでっぱり岩をつかんだ。

テナガが体をにじらせ、壁を通りぬけた。成功だ。

「オレ、やったでしょ」

「よくやった、これで白玉と会える」

デッカチにほめられたテナガ。長い手をデッカチの首に巻きつけ、ポロポロと涙をながした。

本物のヤリの山

ヤリの山の頂上に着いた。

と喜んだのもつかの間、幻のヤリの山とわかった。向こうの雲の間に、ヤリのほさきのような、とがった山の頂が見えたのだ。

「あれだ、ほんとうのヤリの山は」

デッカチのひとことで、みんなヘナヘナとへたりこんだ。

でも、ここまで来たのだ。本物のヤリの山まであと一歩ではないか。

見せかけのヤリの山を下り、本物のヤリの山との間の峠まで下りたとき、雲が切れた。

「アッ」

いっせいに声をあげた。ヤリの山が五つも並んでいる。どの山も、登るのにまる一日かかるだろう。

「五日で白玉を見つけろ」とモンブ大臣に命じられている。あす一日しかない。一発で正しい山に登らなければ間に合わない。

「どれもほとんど同じ形だ。選びようがない」

テナガが両手を上げた。お手上げと言いたいようだ。

「考えてもしかたがないわ」

センリはさっさとテントを張る準備をはじめた。目がとびぬけて大きいセンリは、だれよりも目がつかれ、ねむくなるのだ。

五日目の朝をむかえた。

まだ暗いうちに、センリはテントから出て、五つのヤリ山のほさきにじっと視線をそそぐ。白玉がある頂は、朝日がのぼればなんらかの反応を示すはず、とにらんだのだ。

変化といっても、みんなの目には見えない。それを見つけることができるのは、わたししかいない。こんなふうに自分自身に言い聞かせるセンリだった。

みんなが寝息をたてている中、ケイ子だけは、センリの思いを察していた。センリの気配に気づき、ケイ子がテントからはいだしたとき、朝の光が雲を赤く染めはじめた。

センリは大きな目をカッと開き、さすような視線を五つのヤリのほさきに、順ぐりにむける。

左から二番目のほさきが、キラッと光ったのを見のがさなかった。いっしゅん、金色にかがやき、ほさきが赤、青、緑の光をはなつ。

「まちがいないわ」

センリは空気をいっぱいに吸った。

ケイ子は、センリのようすから、白玉がある頂を見つけだした、とわかった。みんなをたたき起こす。

「すごいぞ、センリ」

みんながセンリにだきついた。

いよいよ、白玉の山への挑戦だ。ルートが左右に分かれていると、デッカチが鼻をクンクンさせてにおいをかぎ、一枚岩の壁があれば、アシナガ、テナガがとっぱ。洞くつに入ると、ゴクミミがアコーディオン耳を働かす。霧でおおわれても、センリが頂上を見おとすことはない。

最後の垂直の岩をはいあがると、その上にもう岩はなかった。

「頂上よ」

先頭で登ったセンリがさけんだ。

頂上は五メートル四方くらいの広さ。真ん中にとがった円垂形の岩。その先っぽで、サッカーボールくらいの白い玉がかがやいている。

ウワーッ！

歓声が、周囲の山々にこだました。

七色の白玉

頂上に着いた七人は、「初登頂」の記録板を白玉の前に立てた。デッカチが用意していたのだ。

七人は頂上のすぐ下の平たい岩のところで、体を寄せ合って夜を過ごした。

日の出前、再び頂上へ。ちょうど、頂に朝の日が差しはじめた。

白玉が赤みを帯びてかがやいている。その前でデッカチが背筋をしゃきっとさせた。

「最初にふれるのをだれにするかだ」

「そりゃあ、虹の国人でなきゃ。わたしたちは遠慮するわ」

ケイ子が後ろにさがったので、アシナガ、テナガ、ゴクミミが白玉の前に進んだ。

「オレが一番」とたがいにゆずらない。

「あなたたち、何よ」

センリが割って入った。

「デッカチがリーダーよ。一番はデッカチ。とうぜんでしょ」

「そう言ってくれるのはうれしいが」

デッカチは口元を引きしめた。

「モンブ大臣が言ったことを思い出してほしい。白玉にふれると笑う、と」

みんな、それがどうした、という顔だ。

「ケイ子さんが教室で阿波おどりを教えてくれたとき、みんなの顔がほころんだ。でも光太くんは笑わなかった。笑えない何かがあるからだろう」

デッカチは、光太がケイ子に引け目を感じていることが気になっていたのだ。

ひと呼吸おいて言葉をついだ。

「光太くんにもアイ組の仲間になってほしい。だから白玉にさわってほしいのだ」

ケイ子は阿波おどりのとき、コウちゃんが笑ってないとは思いもしなかった。たよりないコウちゃんを見ていると、わたしがリードしてあげなきゃと、上から目線になってしまう。コウちゃんが笑わないのはわたしのせいだ。コウちゃんには、どうしてあげればいいのかしら。

「コウちゃんが一番、わたし賛成」

ケイ子が意見を変えたので、光太がトップバッターに決まった。

光太はおずおずと白玉の前に進み、両手でかかえるようにさわる。

ビリビリッと、レーザー光線のような何かが、心の壁をうちやぶった。と光太が感じたとき、白玉は七色にかがやいた。

ぼくに白玉の光が当たってる。

光太は、心がほわっとふくらんできたような気がして、白玉をだきしめた。

ぬくもりのある手ざわりだ。胸につかえていた鉛のような重いかたまりが、とろりと溶けていく。光太は、はじかれたようにハハハハハと笑いだした。

「コウちゃん、笑ってる」

ケイ子が阿波おどりを踊りだした。得意の男おどりだ。センリもまねた。あとの四人も思いおもいに踊っている。

ワハハ、ワハハ
笑いのうずに包まれる。

向こうの空に虹がかかった。二重の虹だ。

「コウちゃんこそ主虹よ」

ケイ子が光太に、あたたかなまなざしを

そそいだ。

かんしゃく玉子先生

約束どおり、アイ組は再開され、担任の先生が決まった。

最初の授業の日。教室に入ったデッカチが担任の女の先生を見て、「ギャッ」と、ネコがしっぽを踏まれたときのような声をあげた。

「博士、お久しぶり。きょうから担任です」

「ひさしぶ……」

デッカチはうろたえて、言葉にならない。

デッカチの大学のニンゲン学のゼミに、きびしい質問をする女学生がいた。デッカチが答えられず、いいかげんにごまかすと、

「なんですか、その態度は。学者としての自覚がたりません」

などとかみつく。デッカチにすれば、かんしゃく玉のような教え子なのだ。

あとでデッカチからわけを聞いたクラスメートは、「タマ子先生」と呼ぶことにした。

タマ子先生は朝のニワトリのような声で言った。

「白玉にさわったので、自分たちは笑いの大将になった気でいるでしょう」

「そんなこ……と、ちっと……も」

デッカチはしどろもどろ。まるでヘビににらまれたカエルだ。

「白玉の山に登れたのは、それぞれの長所を生かしたから、と思ってるとしたら、そんなの、うぬぼれよ」

そのどこが悪い。と言いたいけど、先生の迫力におされて、みんなおしだまっている。

「長所は短所です。今からその実験をはじめます」

タマ子先生は長机とピアノ、それに絵の額ぶちを用意した。長机に、花をいけた花びん、習字道具、タップダンスのクツをおく。

先生はアシナガにはひざを折り、テナガにはひじを胸まで上げ、ゴクミミには耳たぶを頭の上に折りたたむようにと、それぞれに指示。そして、デッカチには鼻を大きなマスクでふさぎ、センリには目かくしをした。

先生にいわれて、テナガは習字の、デッカチは花びんの前に立つ。アシナガはかわいそうに、クツの前でひざを折ったまま、中座姿勢をしいられた。

ピアノをケイ子にひかせ、そのわきにゴクミミを立たせる。光太に額ぶちを持たせ、その前にセンリを座らせた。

「アシナガくん」

「……」

「ひざを折り、足を動かせなくなると、クツをはいてもタップダンスはできないでしょ」

こんなふうに、タマ子先生は、「博士、花のにおいをかげないでしょ」「テナガくん、筆で字を書けないでしょ」「センリちゃん、どんな絵がかいてあるかわからないでしょ」と、目じりをつり上げてまくしたてた。

タマ子先生は女王さまのような丸顔。なのにグサッとつきさすような物言いはなんだ。

光太はむかむかした。絵を持つ手がふるえ、もう少しで落としそうになった。

ふしぎなのはケイ子だ。どこで用意したのか、はでな赤いロングドレスを着ている。ケイ子がピアノをひくなんて、聞いたことがない。

光太の心配をよそに、ケイ子は、モーツアルトのなんとか、と言ってピアノをひきはじめた。けっこう様になっている。だけど、ゴクミミはなんの反応もしない。聞こえないのだ。

「長所は短所といったでしょ。見えず、聞こえず、におわず、足や手は使えず。笑えますか」

教室はシーンとしている。

「それでも笑えるようにならなきゃダメなの」

4　無人島の人魚姫

ほうびの新造船

「どうしたら笑えるようになるか、わかった？」

タマ子先生がみんなを見まわした。

「あのう……」

デッカチがおどおどと手を上げた。

「みんなで何かに挑めば、わかるようになるかもしれません」

「どういうこと？」

「ヤリの山に登って、長所を生かすことをおぼえました。反対のことをすれば、短所でも何かをつかめるかも」

「反対って?」

「山の反対は海。海の冒険をしてはどうかと……」

「船で海にのりだすってこと?」

「ハイ」

「賛成」

センリがむじゃきに手を上げた。

「わたし、海が好きなの」

「それじゃあ」

タマ子先生はびしっと言った。

「あす、港に集合」

「え!」

あまりにとつぜんのことなので、みんなあぜんとしている。

「海の冒険をするんでしょ」

タマ子先生は、ニヤリと不敵な笑いをうかべた。

次の朝早く、虹の国港にみんなが集まった。

波止場に一せきの船がとまっている。甲板の中央に一本の帆が立つ木造船だ。

「ニンゲンの国の千石船のようですね」

デッカチは大学の図書館の船図鑑で見たという。

「どう見ても新造船やね」

ケイ子は網元の血をひく娘らしい言い方をした。

「この船、だれが乗るのかなあ」

光太が周囲を見まわすと、ちょうどタマ子先生がやって来た。

「あなたたちよ」

先生の後ろには女王さまが立っている。

「この船はあなたたちのために、女王さまがウミ大臣につくらせたの」

「なんのために」

「アイ組の新しい挑戦のためよ。博士に言われるまでもなく、女王さまは前から考えてらしたの」

「すごいなあ」

ケイ子は女王さまに尊敬の目をむけた。

「あなたたちが白玉に出会ったことへの、女王さまからのごほうびなの」

タマ子先生はみんなに色とりどりのテープを持たせ、船に乗るよう、うながした。

乗ってみておどろいた。船員は一人もいない。

「船員はあなたたち」

「どこに向かうのですか」

「あなたたちで考えるの」

と言って、タマ子先生はホホホと笑った。

笑ってすむ話か。みんな青くなった。

何もしないのに、船はそろっと動きはじめた。

生徒が甲板から投げたテープを、片方の手でにぎりしめた女王さま。もう一方の手をふり、笑顔で見送っている。

あい丸遭難

船の名を「あい丸」にした。

あい丸は風にのって、沖の方へとグングン進む。やがて陸地が水平線の向こうに消えた。

いったいどこに向かっているのだ？　みんながデッカチのところに集まった。

「このまま進めば、五、六日後に希望の島にたどり着けるだろう」

希望の島には先生のいない子どもだけの学校があり、子どもたちはのびのびと過ごしているらしい、とデッカチはいう。

アシナガが「勉強しなくてもいいんだ」とピョンとはねた。

「勉強するのもしないのも、子どもだけで決めるそうだ」

「行こう、希望の島へ」

いっせいに張り上げた声が、波にはねかえって割れた。

それから五日。

「そろそろ希望の島の島影が見えてもいいのに」と思うころ、強い風が吹きはじめた。帆がバリバリと音をたて、帆柱がギーギーきしむ。

まずは帆を下ろす。

風が雨をともない、嵐となって吹きすさんだ。波しぶきが甲板をようしゃなくたたきつける。やがてアシナガの十倍もありそうな大波が、次々に頭の上からおそってきた。

こんなとき、リーダーとしてまとめられるのはデッカチしかいない。でもタマ子先生から「長所は生かすな」と言いふくめられている。

ケイ子がセンリを見すえた。

「海が好きなんでしょ。あなたが船長になるしかない」

「わたしに？　ムリよ」

ケイ子は目をキッとむいた。

「そんなこと言ってる場合じゃない。やるんだ」

オニのようなケイ子のこわい目を見て、センリは覚悟を決めた。

「わたし、命令するから、したがって」

声は嵐にとぎれとぎれになったが、みんなは目でうなずいた。

センリは次々に指示した。

食料の入った箱を投げすて、水がまんぱいのタルも海にほうった。

それでも船は右に左に、大ゆれにゆれ、今にも転覆しそうに。

「マストを切り落として」

「マストがなくなれば帰れない」とゴクミミが大きな耳をふって反対しても、有無をいわせない。

「ここで沈むと死ぬしかないのよ」

テナガが船底からオノをとりだし、マストをたたき切る。

デッカチは、なにやら天気図のようなものをかいている。ゴクミミは、風の音が静まらないかと、耳をピリピリさせる。

なんとしてでも乗り切るの。

センリの強い意志が、五人を一つにした。

なんともたよりないのは光太とケイ子。光太は甲板の手すりにしがみついて、ガタガタふるえている。ケイ子も甲板にひざをついて、ただお祈りをしているだけだ。

マストを切り倒したのを機に、嵐がおさまりだした。甲板をはげしくたたいた荒波も、勢いが少しずつおとろえていく。

センリの的確なさいはいのおかげで、どうやら最悪の事態はまぬがれたようだ。

あてのない漂流

嵐はすっかりやんだ。

大きなハケで真っ黒にぬりたくったような空もすっかり晴れ、綿毛みたいなやわらかな雲が、水平線の上にポッカリとういている。

「これが虹の国の海なんやわあ」

ケイ子は両手を思いきり広げ、胸いっぱいに空気を吸いこんだ。オニの目になったことなんか忘れて、いつものやさしい目にもどっている。

光太は、波が小さく割れてできる、白っぽい無数の水玉のつぶに目をうばわれている。水玉は、海が呼吸をしているるしるしのように思えるのだ。

ケイ子は、いつまでも海をのぞきこんでいる光太が気になった。

「コウちゃん、海がどうかしたの」

「海が静かに呼吸している」

「そうか、海は呼吸してるんだ」

デッカチは気が気でない思いでいる。船はピタッと止まったまま。弱い風が吹いているが、マストがないので、風を受けることができないのだ。

センリがアシナガを呼んだ。

「帆のはしっこを両手でつかんで立ちなさい」

アシナガをマスト代わりにしようと考えたのだろう。

アシナガは言われたとおり、甲板にだらしなくまるまっている帆を持ち上げた。

「帆の下部を、足で踏んでおさえるの」

つづいてデッカチとゴクミミに命じた。

「帆を両横に広げてちょうだい」

「広げるにはテナガの手を利用するのが一番」

デッカチの助言に、センリは首をふった。

「わかってるわ、そんなこと。長所を生かさないで乗り切るの」

帆を広げても、小さな漁船の帆くらいにしかならない。

「効果があるとは思えんのだが」

と、ぶつぶつ言うデッカチ。こういうとき、理屈でものを考える博士のくせが出てしまう。

しばらくすると、光太がさけんだ。

「動いてる」

波間を飛ぶ白玉のつぶ。その飛ぶ距離が長くなった。きっと船が進んでいるからだ。

と光太はいう。

テナガがへさきに立って、波のようすを確かめた。

「どう?」

「船が波を切ってる」

「それだけじゃ、進んでるかどうかわかんないわ」

びみょうな動きを目でとらえることができるのはセンリしかいない。でも、センリは海には目をくれず、帆に目をこらしている。

帆がバタバタと音を立てはじめた。船がゆっくりだけど、動いていることは確かだ。

でも、どこを見まわしても、ひたすら海、海、海だ。

船は何日も漂流した。そんなあるとき、へさきで見はり役をしていたテナガが大声をあげた。

「マメツブ!」

「遠くの海に黒い豆つぶがういている」というのだ。

センリが顔をくずした。センリのギョロ目は、水平線上の小さな島影をとらえていた。

上陸への試練

あい丸は少しずつ島に近づく。

島は密林におおわれている。ぶきみだ。

みんながデッカチのそばに寄ってきた。上陸してもだいじょうぶかどうか、デッカチならわかるだろう。

デッカチは首を横にふった。

「わたしにはわかりません」

「なんのために大学で研究してきたんだよ」

ゴクミミがつかんでいた帆をはなして、デッカチにつめよった。

「帆をはなしちゃダメ」

センリにしかられて首をすくめたが、こんどは耳たぶをデッカチにつきつけてにらんだ。

「海洋学は、わたしの専門でないものですから」

「ニンゲン学だってんだろ、ここじゃ、なんの役にも立ちゃしない」

ゴクミミになじられて、デッカチは大きな頭をかかえこんだ。

センリが決断をくだした。

「この島に上がるしかないわ」

あい丸は、陸から二〇〇メートルくらいのところにまでやって来た。ここからはせまい入り江だ。

両岸から大きな岩がおりかさなって海面にのびていて、うかつに進むと、岩に船底をぶつけそうだ。

座礁を防ぐには、だれかが海に入り、船の前を歩くのが一番だ。その適役となると、言うまでもなくアシナガ。長い足を利用すれば海の深さがわかるだろう。

しかし「長所は生かさず」だ。デッカチがかってでた。ゴクミミにせめられたのを気にしているのかもしれない。

デッカチが船から飛び降りた。かがみこみ、大きな頭を海にもぐりこませる。底が深いところでは水が重く、浅いところでは軽く感じることに気づいた。

重く感じるところを見つけるのだ。

デッカチは二時間以上かけ、あちこちで頭を海につっこんだ。

やがて、頭を上げて、指で丸をつくった。

「オーケー」

デッカチの後を、あい丸はのろのろと進む。

そして船は岩と岩の間に、ピタッとおさまって止まった。

〝むこう水〟発見

岩場に足をとられないようにと、手をつなぎ合って島に上陸した。

みんな、のどがカラカラにかわいている。

なにせ雨が降ったときに、口を開けてくちびるをぬらしただけ。その雨もここ二、三日降っていない。

「どこかに川がないかしら」

センリがつぶやくと、ゴクミミが大きな耳をピクピクさせた。川の音をさぐるつもりなのだ。

「ダメ。あなたの長所は生かせないの」

センリはテナガを水の責任者にした。

「ぼくに水を探せって？　むこうみずや」

テナガのつまらないだじゃれに、センリが「当たりかも」とのった。

「山の向こうに水があるかもしれないわよ」

みんなで山に向かった。山をこえると、反対側のふもとに泉が見えた。

泉は小さな池のほぼ真ん中からわいている。池に顔をつっこんでガブガブと水を飲んだ。

水場を見つけた熱帯のシマウマみたいに。

センリが、池の表面にうつる自分の顔に見いっている。ケイ子に聞いた。

「わたしって美人？」

「きれいよ」

「うれしい」

船長の肩の荷がおりたせいか、センリの目じりがやわらかくなっている。

池から小さな川が流れている。デッカチはヤリのような木の棒を見つけてきて、水面を見つめる。

五分くらいたったとき、うす茶色の魚がとびはねた。そのしゅんかんを待っていたデッカチ。「エイ」とはなった木のヤリが、魚をみごとにつらぬいた。

「食料確保」

デッカチがニッと笑った。

「魚一匹じゃ腹のたしにもならん」

と言って、テナガは池の岸から手をのばし、ふん水に手をあてた。水がしたたる方向に食料があるというのだ。

テナガは断言した。

「海の方に木の実がある」

光太は、あんなまじないみたいなやり方、当たるわけがない、と思いながら、海辺に向かった。アシナガとゴクミミもついてきた。

上陸地点から一、二キロほど離れたところで、ヤシのような木が群をなしていた。どの木にも実がなっている。

テナガが言ったとおりだ。

アシナガが背のびして、実をもぎ取ろうとした。

「取っちゃダメ」

ゴクミミがアシナガを制止し、木にとりついた。うまく登れない。長い耳が木の幹に引っかかるのだ。

「体を幹からはなせ」

アシナガに言われたとおりにして、手をのばし実をつかむ。

こうして、ゴクミミ、アシナガ、光太は、両手にかかえきれないほど、実を取ることができた。

粘土でつくる家

水と食べ物の心配がなくなると、みんなの顔に明るさがもどってきた。

「笑うこと、忘れてたわ」

センリが大きな目をクリクリさせ、コロコロと笑いだした。

「そうだ、笑わなきゃ」

デッカチも大きな鼻をふくらませ、グォーと息をはいてワハハと高笑い。

むりなつくり笑いだけど、みんなもハハハ、ウフフ、エヘヘ、クスクス、カラカラと、思いおもいに大きく笑った。

笑うと自然に元気が出る。だれ言うともなく「家をつくろう」となった。

デッカチはニンゲン学を研究したとき、離れ小島で家をつくった話を調べたことがあるという。

「だったらデッカチは外れね」

センリは、ままごとをしたとき、粘土でちっちゃなおうちをつくったのを思い出した。

「粘土で家をつくれないかしら」

粘土をこねてレンガのようなものをつくり、それを積み上げたら家になる、というのだ。

「でも、粘土はどこにあるんだ？」

ここでもゴクミミが弱気な言葉。

「探すしかないでしょ」

センリはむっとしたが、すぐに「えがお、えがお」と、顔をほころばせる。

「水があるところに粘土があるかも」

アシナガの言うことなんか、と思いながらも、小川のまわりの土をみんなで掘ってまわった。

「あった」

ゴクミミが声を上げた。

小川の岸の下に手をつっこんだところ、土がぬるぬるしているという。

「やったぜ、ゴクミミ」

アシナガに肩をたたかれ、ゴクミミは耳をピョロピョロさせた。照れているのだ。

小川の粘土層は意外に厚く、たっぷりと粘土を取ることができた。

ケイ子が粘土をこね、光太がレンガくらいの大きさに切り分ける。その粘土をデッカチが積み上げて壁をつくる。その上に木の棒を屋根の形にさしわたし、ヤシの葉でふくのはテナガとゴクミミの仕事だ。

センリの頭に、ままごと遊びのとき、台所でお料理をつくったことがよみがえった。コンロがいるわ。

センリは、粘土のレンガでカマドをつくり、船から見つけてきたナベをのせた。カマドのそばに、デッカチがしとめた魚をおき、ナベに水を入れる。準備オーケーだ。

でも、火がない。これでは調理ができない。

そんなセンリのようすを、じーっと見つめていたのはアシナガだ。

「ぼくにまかしといて」

船の中からいろいろな材木を調達し、帆柱を切ったオノをかついでもどってきた。

アシナガはいったいどこで学んだのだろう。

板の上に先の細い棒をあて、その棒を両方の手のひらでクルクルまわした。やがて、木くずが熱をもちだし、ほわっと煙が立つ。そしてポッと炎が上がった。

「ついた」

アシナガはおおいそぎで火を木片に移しかえ、センリが待つカマドまでかけた。

「ここまでやれるなんてすごいわ」

センリは宣言した。

「長所生かさずは卒業よ」

◗ 悲しい調べ ◖

人心地つくと、この島のことが知りたくなる。

アイ組仲間は島の探検にのりだした。

泉のはるか向こうに、少し高い山がそびえている。

「あの山に上がれば、島全体を見わたせるにちがいない」

そんなこと、デッカチに言われるまでもない。

頂上付近は、火をふきだしたあとのように、こげ茶色がかっている。「こげ山」と名づけた。こげ山に向かって足早に進む。

こげ山のてっぺんはへこんでいて、丸い大きな穴になっている。

デッカチは、「ニンゲンの世界には火山があるそうだが……」と、小首をかたむけた。

火山ならば、爆発するかもしれない。

テナガとアシナガが穴の底に向かって、すべるように降りていく。

「あぶない、やめろ」

デッカチが大声で止めたが、二人はあっという間に穴の底まで降りてしまった。デッカチが心配したような、あぶない山ではないようだ。

頂上から見まわしてわかったのは、島はほぼまん丸な形をしていて、その真ん中にこげ山があるということ。「島はこげ山を中心に半径およそ四キロの円をなしている」と、デッカチは難しい言い方をした。

人が住んでいるようすはどこにも見あたらない。

デッカチが言った。

「この島は無人島だ」

ということは、ここはまったくの離れ小島。虹の国の本土からの連絡船が来ることはない。

頂上から見ると、みんなでつくった家は、粘土細工にすぎないちっぽけな小屋だ。きのうの夜、このせまい小屋でざこねした。屋根にふいたヤシの葉が、風で一晩中ガサガサと音を立てた。

「こわい」

ケイ子は光太にしがみついてきた。光太も一睡もできなかった。

無人島とわかった今、心に鉄のおもりがついたみたいに、光太の気持ちは深くしずんだ。

だれも助けに来ない。一生、ぼくはここから出られないんだ。

「ママ」と、光太が心の中でお母さんを呼んだとき、センリの声で我にかえった。

「人がいるわ」

みんながセンリのまわりに集まる。

「あそこよ」

センリが指をさしたのは、粘土小屋がある方とは反対側の海ぎわ。

「何かが動いてるわ」

ゴクミミが耳をピクピクさせた。

「ビョロロンと音がする。だれかいるんだ」

みんな「ワー」と声をあげて、かけだした。

こげ山を半分くらい下ると、どうやら女の子が何かの楽器を奏でているらしい、とわかった。

ビン、ビーン、ビンビン……。

真っ暗な海の底からすり上がってくるような、重く悲しい調べだった。

ピノッキオの鼻

女の子は海辺の岩に座って、小型のハープをひいている。

彼女に近づいて、みんなが「アッ」と息をのんだ。

足がなく、代わりに魚のような尾っぽがついているのだ。

「人魚姫」

デッカチが声をころした。

女の子は聞こえてるのか、聞こえてないのか、海に顔をむけて、しくしく泣いている。

「なんなの、人魚姫って？」

センリの問いに答えたのはケイ子。

「アンデルセンという作家の童話に『小さい人魚姫』という物語があるの」

海の底で暮らす人魚姫がうかび上がったとき、難破した三本マストの帆船が真っ二つに割れているところだった。人魚姫は海に流された王子さまを助ける。そして王子さまに恋をする、というお話。

女の子はケイ子の話を聞いていたらしく、目に大つぶの涙をためている。

「わたしの話を聞いてください」

すすり泣きながら、口を開いた。

「わたしは女王のふたごの姉です」

みんな、まさか、と女の子の顔を見つめる。

なるほど、女王さまそっくりの丸顔だ。しかし、顔の真ん中にツノのような長い鼻がつきでている。

光太がつぶやいた。

「ピノッキオの鼻」

「ピノッキオは木でつくられた操り人形で、いろんな冒険をする物語」と光太。

「そういえば、海の真ん中の島にたどり着く話もあった」

と言いたした。

「人魚姫もピノッキオも、船のそうなんや島が出てくるのですね。それでわかりました」

女の子は、尾っぽを小刻みにふるわせて、話をつづける。

「妹はおだやかな性格で、生まれたときから笑顔をたやさなかったわ」

みんなウンウンとうなずく。

「わたしは反対に勝ち気。いつもツンとすましていて、みんなが笑っているときも、決して笑わなかったの」

ここで女の子はハープをボボンとつまびいた。

「王さまが亡くなったので、わたしは女王さまに推薦されると思ったの。でも……」

お后が、わたしが女王になるとこの国は笑わん国になる、と強く反対し、推薦委員会に働きかけた。

妹が女王に選ばれると、后はひいきにしているウミ大臣に、

「姉を島流しにしろ」

と申しつけた。

ウミ大臣は、船でこの島までわたしを連れてきて、置きざりにしただけでなく、「もどれないようにしろ」と魔法使いに命じた。

魔法使いはわたしに人魚姫のような尾っぽをつけたうえ、やわらかな鼻をピノッキオの鼻に変えた。

女の子はこんなふうに身の上を語った。

女の子は「ピノッキオ人魚姫」を略して「キオ姫」と呼ばれることになった。

「かわいそうなキオ姫」

ケイ子は女の子にほおずりし、いっしょになってしくしく泣いた。

センリもウウーッともらい泣きしたが、泣きながら笑い顔をつくった。

「キオ姫さん、あなたも笑えばいいのよ」

「そうだ、そうだ」

みんながウワハッハと笑いだす。

でもキオ姫は笑わない。

あふれる涙が、尾っぽの先まで流れている。

お手柄粘土玉

「わたしも笑いたいの、ほんとうは。でもどうすれば笑えるのかわからない」

キオ姫は両手で顔をおおった。

「よし、みんなで笑えるようにしてあげよう」

デッカチは、ここを笑いの海辺にしようと言いだした。

「笑いの海辺だって！」

ゴクミミは好奇心いっぱいに、耳をピリンピリンとふった。

「でも、どうやって？」

とたずねるセンリに、デッカチは「粘土の家の経験があるじゃないか」と胸をはった。

粘土のレンガで芝居小屋をつくる、というのがデッカチの考えだ。

「寝泊まりの小屋ですら、いつ壊れるかわからないのに、芝居小屋なんかできっこない」

と光太は思ったが、ケイ子が指をくちびるにあて、「だまって」というしぐさをした。

やる気をそぐようなことを口に出しちゃだめ、と言いたいようだ。

みんなで、泉の近くの粘土層のところまで何度も行き来して、粘土を運びこんだ。

平らな岩が張り出していたので、舞台として活用することにし、それらしい小屋ができた。

芝居小屋は、陸からも海からも入れるのがミソ。キオ姫が海からそのまま入れるようにしたのだ。

デッカチが「キオ姫の館」と名づけると、キオ姫の目元がゆるんだ。

でもまだ笑うところまではいかない。彼女が笑ってくれるためには、どんな出し物がいいのだろう。

ケイ子は光太に「マンザイをやろう」と持ちかけた。巡礼おつるの話をもとに、台本を書いてみたという。光太はしぶしぶ舞台に上がった。

光太がおつる、ケイ子がお弓役。

「おつると申します」

「おつる？　カメみたいな顔をして、どこがツルや」

光太が手をバタバタさせる。あきれるほどへたな演技。アイ組の仲間はあまりのへたさにゲラゲラ笑う。

「やっぱりカメや。ジタバタガメや」

ケイ子はなかなかの熱演だ。だが、キオ姫はおもしろくもない、とうかぬ顔だ。

失敗！　ケイ子はガクッと肩を落とした。

「ムリに笑わせようとするからよ」

センリは「ふだんどおりの方がいいわ」と金色のボール玉を持ちだした。

「粘土でつくったの」

粘土をまるめた玉を、バレーボールのトスのように、手でつき上げるという単純なゲームだ。

アイ組の五人が舞台に上がった。

デッカチの肩の上に立ち上がったゴクミミが、玉を投げ入れる。テナガとアシナガが背のびし、たがいに争い合って玉を手でつく。

玉は手のひらに当たって、ベチャッとつぶれる。つぶれた玉で顔は粘土まみれになる。

ただそれだけのことなのに、キオ姫がおなかをかかえて笑いだした。

笑いころげるたびに、尾っぽが右に左に、上に下にと大きくゆれる。

尾っぽがバタバタしてるようすがおかしくて、光太が腹をよじって笑いだした。それがキオ姫に移ったのか、手で地面をたたいて笑いを爆発させる。

「わたし、笑えるんだわ」

キオ姫は笑いつづけた。

おおニジのクニ

笑顔をたたえて、海の底に帰っていったキオ姫。次の日、朝早く、館にやって来た。

姫は陸地の入り口から館に入ると、寝静まっているみんなに、

「おはよう」

と声をかけた。

どこか女王さまのおもむきのある、あたたかい声音だ。

センリが目をさまし、その大きな目をキラキラさせた。

「キオ姫が立ってるわ。足で立ってるの」

「え！」

みんな、とび起きた。

たしかに二つの足で立っている。

それだけではない。顔の真ん中にあるのは、ピノッキオの鼻ではなく、女王さまと同じ、
やわらかな鼻だ。

「尾っぽとピノッキオ鼻はどこに消えたんです？」

デッカチが博士顔でたずねた。

「けさ起きてみると、尾っぽがなくなっていたんです。さわってみると、足がもどってるではないですか。ひょっとして、鼻ももどったのかしら、そう思って鼻に手をやると、ピノッキオ鼻でなくて、もとの鼻。うれしくなって、ここに飛んできたの」

「ウーン」

デッカチはうでを組んで考えこんだ。

「きのうあんなに笑ったからだろう。でも、笑ったら尾っぽがなくなり、ピノッキオ鼻もなくなるなんて、科学的には説明がつかない」

「科学的なんかどうでもいいじゃないの。キオ姫がもとの姿になったんだから、みんなで喜び合いましょ」

センリが歌詞をつけて、リズムよく口ずさんだ。

わらえたよ　わらったよ
にんぎょ姫　さようなら
ピノッキオ鼻　さようなら
わたしキオ姫　笑えるの

「足がもどったのだから、ラインダンスはどうかしら」

とケイ子。

「一度、タカラヅカという舞台に連れていってもらったの」

ケイ子が足を思いきりあげて、歌いだした。

♪おおニジのクニ　NIJINOKUNI
みんな、ラインダンスで大はしゃぎ。

キオ姫も足を高くふり上げた。足は生き生きとはずんでいる。

やさしい笑みをうかべて踊るキオ姫。もう勝ち気でこわい顔の娘ではない。

キオ姫を見て、光太はきっといいことがある。と思ったしゅんかん、頭に何かがピッと走った。

海に目を移す。はるか沖合に、何かがゆっくりと進んでいる。

「フネ！」

光太のさけびで、みんなが海に目をむけた。三本の帆柱が見える。

ラインダンスをしている場合じゃない。

アシナガとテナガ、ゴクミミが高台に上がった。

こんしんの力をこめ、足、手、耳をはげしくふった。

「船よ！　目にとまってくれ」

姉妹の再会

「女王さま。女王さまじゃないですか」

ボートを出して、島から全員を助け出した「虹の風号」のアンデル船長は、キオ姫を見てぎょうてんした。

それもそのはずだ。キオ姫は女王さまにうり二つというだけでなく、着ている服も女王さまと同じ、胸に虹マークが入った「女王さま衣装」なのだ。

昔のヨーロッパの英雄のような帽子をぬいで、ひざまずくアンデル船長。キオ姫は「わたしは女王ではありません」と、一部始終を語った。

「お姉さま姫のことは聞いていました。どの島に流されたのか、わたしたちの間でもナゾだったのです。アンデルセンもびっくりの物語ですね」

血色がいい赤ら顔のアンデル船長。その顔が感激に燃えている。

「それにしても、この船によく気づきましたね」

「光太くんが気づいたの。ニンゲンの世界から来た子どもなのよ」

「ニンゲンの世界からだって」

船長はほっぺたをひねった。

「イタタ。夢じゃないんだ」

いつかニンゲンの世界にアンデルセンという童話作家がいたと知って、「アンデル」と名のったくらいだから、興奮するのもムリはない。

それにしても、キオ姫も船長も、アンデルセンがからむなんて、なんという奇跡だろう。

「女王さまにお会いしたいでしょう」

船長は部下に命じ、虹の国港に急がせた。

港の波止場が見えたとき、キオ姫は女王さま衣装から、ふつうの女の子の身なりに変えた。足もとも、みんなと同じアイ色のクツだ。

センリが目を丸くしていると、キオ姫はクスッと笑った。

「わたしが女王さまと同じかっこうをしていると、争いのもとでしょ」

波止場には、知らせを聞いた女王さまがむかえに来ていた。

キオ姫を先頭に下船した。

女王さまはキオ姫にかけよった。しっかりとだき合う姉妹。女王さまの目に涙が光った。

女王さまが涙をうかべたのは初めてだろう。水晶のようにすきとおった美しい涙だった。

キオ姫の目からも涙がポツリと落ちる。その涙をぬぐって、ニッコリほほえんだ。

「わたし、笑えるようになったのよ」

女王さまは、うんうんと顔をほころばせる。

「アイ組の人たちのおかげなの」

キオ姫は女王さまから身をはなし、目を細めた。

「わたし、アイ組の仲間に入れてもらおうと思うの」

女王さまはニコニコ顔でうなずいた。

「いいでしょ、アイ組のみんな」

「とうぜんよ」

キンキンひびく声。タマ子先生だ。いつの間に来たのだろう。タマ子先生の目もうるんでいる。

ほんとうは、タマ子先生はやさしい人なのだ。

センリが音頭をとり、女王さまとキオ姫のまわりを輪になって踊りだした。

エンゼがやって来て、輪の上で舞った。手には一通の手紙。その表にはこう書かれている。

「ウョジイタウョシ」

5　さかさの国

副虹国の招待状

「ウョジイタウョシ？　暗号？　それともおまじない？」

光太が頭をひねると、ケイ子が「招待状よ」と言う。

「さすがね、ケイ子ちゃんは」

エンゼがケイ子をもち上げる。

「やっぱり二人だけの暗号なんだ」

ぷっとふくれる光太のほっぺたを、ケイ子がちくっとつねった。

「下から読めばいいの」

さかさに読む。「ショウタイジョウ」だ。

エンゼが羽をピンとのばし、すまし顔になった。

「これは副虹の国からことづかったの。王子さまが、あなたたちをお招きしたいとおっしゃるの」

「でも、なんでさかさ書きなんだ？」

ケイ子がキリッとした口調で答えた。

「副虹の色の配列は、虹とは逆でしょ。だからよ」

光太とケイ子のやりとりを、女王さまが少し離れたところで、ニコニコと聞いている。

キオ姫は「さかさ」という言葉が気になったのか、まゆを寄せた。女王さまになったのが、お姉さんの自分でなく妹であることに、まだ心の中で引っかかるものがあるのかもしれない。

アイ組のみんなには「副虹の国」は知らない世界のようだ。

デッカチが、

「なんでもかんでも、虹の国とはさかさなんだ」

と言ったものだから、

「いやだ。ぼくはそんなところに行きたくない」

と光太がだだをこねだした。

エンゼが招待状を開いてみせた。

「ニンゲンの子どもに、ぜひ副虹国のすばらしさを感じとっていただきたい」と書かれていて、文末にはサブレ王子のサインがある。

「王子さまがここまでおっしゃってるのよ。それでも行かないって言うの」

「何もかもさかさって言うじゃない。だったら歩くときも逆立ちしてるんだろ。ぼく、できっこない」

ケイ子が「行こうよ」と、光太のうでをつかんだ。

「逆立ちだってなんだって、さかさっておもしろそうやない」

ケイ子が「さあ、行くぞ」と背のびしたとき、タイミングよく、タマムシ飛行機が王宮の向こうに姿を見せた。エンゼが手配していたようだ。

虹の国の人たちに見送られて空港から離陸。やがて副虹空港の上空にやって来た。

滑走路の両側は、ヤナギのような木の並木になっている。おりあしく、強い横風がヒューと吹いてきた。枝という枝があおられて、滑走路におおいかぶさった。

「降りられないよ。もどろう」

光太はニッと歯をのぞかせた。だけどリーダーのグンソウが着陸を決行。飛行機は並木の手前で着地し、並木のトンネルをくぐりぬけた。

光太もついに腹を決めた。

王子さまの館

「どこに行くんだ？」

光太は飛行機から降りると、先に降りたケイ子の後を追った。

「決まってるでしょ。サブレ王子の館よ」

そういえば、小高い丘のてっぺんに王子の館がある、とエンゼが言っていた。

「ほら、向こうに丘が見えるわ。きっとあそこよ」

丘のふもとに出た。てっぺんへの坂道を行く。

てっぺんに着いた。でも王子さまが住むようなりっぱな館は、どこにも見あたらない。

大きな広場があり、その向こうに日干しレンガでつくられた小さな家。

「コウちゃん、開いてみて」

ケイ子にいわれ、光太がとびらを開く。ギーとにぶい音。中はうす暗い。

一部屋だけしかなく、壁を背に赤ら顔の若者が、背筋をピンとのばして、すっと立っている。真っ赤なマントをはおっていて、古代エジプトの王子さまのようなかっこうだ。

初老の男性が「よくいらっしゃいました」とむかえてくれた。

ケイ子も中に入ると、中年の女性が二人を若者の方に導いてくれた。

男性と女性が若者の前でうやうやしく頭を下げる。

「王子さま、お待ちかねのお客さまです」

さすがのケイ子もびっくりしている。若者は王子さまなのだ。

「お父さま、お母さま、ありがとう」

男性と女性は王さまとお后さまのようだ。ここでは王さま、お后さまより、王子さまの方がえらいらしい。

さかさ、とはこういうことなのか。

ケイ子は目をかがやかせたが、光太は口をポカンとあけ、あぜんとしている。

王子さまは光太とケイ子の肩に手をあてた。あたたかい手だ。

「虹の国の博士をごぞんじですね。わたしたちの国でもよく知られています。たしかに、はばひろく学問を修められたエライ先生です」

王子さまは、えらぶらず、ひとことひとこと、ていねいに語りだした。

「わたしたちの国は反対です。学問ができないことも大事だと考えています」

王子さまは顔をほころばせ、最後にさかさ言葉をまじえた。

「ドッミラピに上がれば、わたしたちの国のことがわかりますよ」

「ハイ」

と元気よく答えたケイ子。王子さまとの会見が終わると、すたすたと館の裏にまわった。

あわてて光太がついていく。

「どうしたんだ、ケイ子」

「さかさピラミッドがあるはずよ」

探すまでもなく、広場の反対側にピラミッドの上下をさかさにしたような形の建造物が見えた。高さは二〇メートルくらいだろう。

屋上にあがる。丘のまわりには、わりあい大きな家々がたち並んでいる。

「人々にはいい暮らしをしてもらい、王子さま自身はバラック暮らし。さかさなんだ」

つつましい王子さまに、ケイ子は感じいったのだろう。目がうるうるしている。

光太は「学問ができないことが大事」といった王子さまの言葉を、口の中でかみしめた。

不登校の子

光太とケイ子はアカンタの家をたずねた。

王子の館を出る前、王子さまがオアソビ大臣を呼んだ。大臣は「さかさファミリー」の一つとして、アカンタ一家を紹介してくれたのだ。

アカンタの家は、見晴らしのよい高台に建っている。シンデレラがいてもおかしくないような、ひろびろとしたガラス窓の邸宅だ。

入り口の前に立つと、アカンタのお父さんが、「大臣から聞いてますよ」とドアを開けてくれた。

お父さんは赤ちゃんを負ぶっている。

「とつぜん、おじゃましてすみません」

ケイ子がていねいに頭を下げた。

「ニンゲンは初めて出会ったとき、おじぎをするんですね。目下の者がより深く頭を下げるのだとか」

お父さんは、背中の赤ちゃんをあやしながら、言葉をつづけた。

「副虹の国では、目上も目下もないんですよ」

「では、あいさつしないんですか」

「しますよ。手をたたき合ってもいいし、おでこをコチンとぶつけ合ってもいいし、もちろんだき合ってもいい。やり方は自由。うでを組み合ったり、足をからませ合う者だっていますよ。あなたはどれがいいですか」

「手をたたき合うのがいいです」

ケイ子が両方の手のひらを顔の前に上げると、お父さんは自分の手のひらでパンとたたいた。

「ハイタッチですね」

「これ、ニンゲンはハイタッチっていうんですか。こいつはいい。きみ、ハイタッチしよう」

お父さんは光太をハイタッチでむかえてくれた。

リビングに通された。

「いらっしゃーい」

明るくしゃきしゃきした女性の声だ。部屋の真ん中に、でんとすえられたソファーから聞こえてきた。

女性はソファーに寝そべり、ワインかなんかを飲んでくつろいでいる。

「きょうは、パパがお料理と子育ての日。わたしはお休み」

女性はアカンタのお母さんなのだ。お父さんはダイニングで料理をつくりはじめた。

「アカンタくんは？」

「お庭よ」

大きな窓の向こうに、芝生の庭が広がっている。太い幹の木が植わっていて、枝に四角い板のようなものがはめこまれている。その板に男の子が腰をかけていた。鼻がツンととがった、とくちょうのある顔立ちだ。

「アカンタは学校に行かず、一日中ああして空を見上げてるの」

どうやらアカンタだけの展望台のようだ。

「学校、きらい？」

ケイ子がたずねても、アカンタは知らんぷりだ。代わりにお母さんが答えた。

「学校なんか、行きたい子が行けばいいの。行きたくない子は、行かなくっていいのよ」

「学校に行くのは義務じゃないんですか」

「ぎむ？　ニンゲンの国では義務なの？　どうかしてるわ」

あっけらかんとしたお母さんの話し方が、ケイ子の心に心地よくひびく。

「そうか、学校は義務じゃないんだ」

光太は「いいこと聞いた」とほくそ笑んだ。

目が見えない子

アカンタは庭の展望台を「雲見トリデ」と名づけている。

お父さんの話では、アカンタはよちよち歩きのころから一日中、空を見上げていたらしい。

ふしぎに思ったお父さんが、ある日、聞いてみた。

「何を見てるの？」

「雲」

「見あきない？」

「あきるわけないよ」

「どうして？」

「同じ雲が現れることはないもん。今見てる雲、女の人の長い髪が風になびいてるように見えるだろ。すぐに形が変わるよ。きっと髪の毛がだらんと下がる。もうこの雲を二度と見ることはないんだ」

アカンタの言うとおり、ほどなく髪は垂れ下がった。

「アカンタは雲を見る才能があるとわかったんです。展望台がほしいと言うので、わたしが日曜大工をしました」

お父さんが、できたてのホットケーキをテーブルに並べたとき、女の子が顔をみせた。

「アイちゃん、アカンタがお待ちかねだよ」

アイはアカンタのクラスメート。生まれながら目が見えない。だけど、アカンタと雲を見るのが大好きという、素直なかわいい子だ。

アイもいっしょにホットケーキをいただいた。光太のお母さんがつくるホットケーキよりもふっくらとして、あまさがほんわかと口に広がる。

ホットケーキを食べ終えると、アイはハシゴをサッと上がって展望台へ。あおむけになっているアカンタの横に、同じようにあおむけに寝そべった。

アカンタが口を開いた。

「真上にはオニがいます」

「オニさん、ツノがある？」

「うん、ふつうのオニ。左にカラス、右は……ワンちゃんだ、犬」

「それだけ？」

「オニの頭の上に団子」

「ダンゴ？　へんなの」

「しかたないよ、雲に聞くしかないだろ」

こんなふうなやりとりがあって、アイが語りだした。

ここはオニが住む島。昔はニンゲンをおそってこわがられたけど、「オニが島」とだれかが言ったので、観光の島になりました。

こうなるとニンゲンは金もうけをたくらみます。観光客を目あてに「オニが島団子」を売り出すと、「おいしい」と評判になりました。

オニもこっそり食べてみました。なんとツノの先まであまさが広がるのです。今ではすっかりオニの好物になりました。

これにカラスが目をつけました。初めは食べ残しをあさっていただけでしたが、おなかいっぱいに食べたくなりました。そして、子どものオニが団子を食べようとすると、サッと飛んできて、うばい取るようになったのです。

さあ、困ったオニさん一家。犬をかうことにしました。犬にカラスを追っぱらってもらおうというのです。でも犬だって団子が食べたい。いつも、よだれをたらたら垂らしています。

団子をめぐって、オニ、カラス、犬による大バトルがくり広げられています。

こんなふうに、アイは即興で物語をつくった。

空中ステージ

「きみたちの学校、見てみたいなあ」

アカンタらにつきあって雲を見ていた光太が、ポツンともらした。

「学校なんか見てもしかたないよ」

アカンタがそっけなく言うと、アイが、

「せっかく来られたのだから、見てもらいましょうよ」

と、アカンタのそでを引っぱった。

学校への道すがら、ケイ子はアイにいろいろとたずねた。

アイは、こんなことがあった、あんなことがあったと、学校までの二十分余りの間、話しつづけた。

学校の名前は「オチ小学校」。先生はいない。「じゃあ、だれが教えるの？」

「教えたい子が教える」

「子どもの中の？」

「そうよ」

ケイ子はどこかで「先生がいない学校」の話を聞いた気がしたが、どこで聞いたのか思い出せない。

「それで勉強になるの？」

「学校の勉強はね、したい子だけがすればいいの」

クラスは「コボレ組」。クラスメートは七人。アカンタ、アイのほかアキ、カナオ、ツキミ、チョウ子。

「六人しかいないわよ」

ケイ子が指を折って数えなおす。やはり六人だ。

「あ！　シュウサを忘れてた」

アイは「シュウサはきっと教室にいるわよ」と言って、フフフと笑った。

「あいつ、教室しか行くとこないんだ」

アカンタがトゲのある言い方をした。不登校の原因が「あいつ」にあるのかな、とケイ子は思った。

教室は円形。真ん中に筒のような形の黒板があって、机とイスはこの黒板を囲むように並べられている。

その黒板に「I am a boy」「You are a girl」と、やさしい英語の文章が書かれていて、そのわきでシュウサがチョークを手に立っている。

どうやら、シュウサが英語を教えようとしているようだ。

でも、教わる子は一人もいない。どこへ行ったのだろう。

アイが「あそこよ」と天井の方を指さした。

床と天井の中間に、長さ五メートル、はば二・五メートルくらいの長方形の板が設けられていて、筒型黒板の内側から、らせん階段でこの板に上がれる構造。

「空中ステージ」というのだそうだ。

「アキ」

アイが呼びかけたとき、空中ステージからドドドーンと大きな音がひびいた。

アキはクラスの女子リーダー。そのアキが、大中小三つのタイコを、打ち鳴らしはじめたのだ。

「アキはタイコの名人よ」

タイコの音色やリズム、強さ、音の高さから、アイはアキの思いを言葉にした。

「英語なんかやらなくてもいいの。だってあたしは副虹の国の子どもなんだもの。勉強より大事なことがあるの。あたしはタイコをたたくのが好き。タイコではだれにも負けない」

魚と話す少年

アキが空中ステージから下りてきた。

好奇心がおうせいなケイ子だ。入れかわって、ステージにトントンと上がった。

窓をとおして、遠くまで見晴らしがきいた。草原が広がっていて、その向こうに小川が流れている。

「男の子がいるでしょ」

アイの言うとおり、一人の男の子が川岸にはいつくばって、川をのぞきこんでいる。

「カナオだよ。行ってみたら」

アキにうながされ、光太とケイ子は川岸まで行ってみた。

カナオのそばに、いろんな魚やカメ、ザリガニまでが寄ってきて、体を水面の上に持ち上げている。カナオの口の動きに合わせて、右に左に体をゆする魚たち。まるで踊ってるみたいだ。

アイがカナオのことを教えてくれた。

カナオは生まれて間もなく病気にかかり、そのせいで右足が少し不自由。いつも引きずるように歩く。

一年生の運動会のとき、ビリになったカナオが「ぼく、はやく走れない」とべそをかいた。するとお母さんが、「遅いっていいことなのよ」と、笑みをうかべてカナオをむかえた。

「一番になろうと競い合うから争いが起こるの。ビリになる競走なんかだれもしないでしょ。だからビリが一番」

それからはビリになっても、カナオはめそめそしなくなった。

「カナオはね、勉強も大のにがて。わたし以上よ」

アキがクスッと思い出し笑いして、カナオの九九のおぼえの悪さの例をあげた。

サンゴ（３×５）「産後オッパイ」

シゴ（４×５）「死後お墓」

カナオの頭はこんなふうに回転するのだ。

カナオのお母さんはこう言ったそうだ。

「暗記できないのはいいことよ。パッパと暗記できると、考えなくなるの。ニンゲンが戦争したがるのは、考えなくなったからだわ。あんなマネ、ぜったいにしちゃだめよ」

男の子は川に入ると、魚をとることにむちゅうになる。足が不自由なカナオは一人で川岸にしゃがみこみ、じっと魚をながめているしかない。

魚たちは、カナオが自分たちをつかまえないとわかり、安心して近づいてきた。そして口をパクパクさせる。カナオは、魚たちが何かを言おうとしているのだと気づいた。じいっと口の動きを見つめるうち、少しずつ魚と話ができるようになった。

とアイはいう。

きょうのカナオの話し相手は二匹のドジョウだ。

「ドジョウくん、兄弟？」

「ぼくたちふたご。これから遠足に行くんだ」

「二人で？」

「お父さん、お母さんと。弟、妹もいっしょだよ」

「家族旅行なんだ」

「うん、おばあちゃんチに行く」

「ドジョウくんの古里なんだね」

アイはカナオとドジョウの会話を、こんなふうに訳してくれた。

「ドジョウの古里を知ってるのはカナオだけよ」

ハンディある子

「向こうの原っぱにチョウ子とツキミがいるわ」

アイが指さす方に目をむけると、色とりどりの花が一面に咲きみだれている。

「原っぱというよりお花畑やね」

ケイ子が光太の手を引っぱって、お花の原っぱへ。チョウ子とツキミが花々に囲まれて立っていた。

コスモスのような花だ。赤やピンク、白や黄色の花びらがいっぱいに開いている。

ケイ子が「何してるの」とチョウ子に呼びかけた。

チョウ子はチラッとケイ子に目をむけたが、何もいわない。

「チョウ子はものが言えないんだ」

いつの間にか、アイをともなってアキがそばまで来ていた。

「でもね、すごい才能があるよ」

チョウ子の顔の前で、二匹のチョウチョが羽をひらひらさせている。そのようすをスケッチしているところだ。

光太はスケッチをのぞき見て、のけぞった。

「本物そっくり」

ケイ子も「どれどれ」とスケッチをじっと見つめた。

チョウチョの羽に、こい青色や赤紫がまじっている。そのはしは金色にふちどられていて、お化粧をしたオオルリアゲハといった感じ。

「形や色がそっくりというだけでなく、気品まで表現できてる」

目を細めて感心するケイ子に、アキが「そうよ」と言葉をつづけた。

「チョウ子はね、飛んでるチョウチョをいっしゅん見ただけで、そのチョウチョのすべてが頭に入るの」

「じゃあ、すごく頭がいいんだ」

光太がうらやましそうに言うと、アキは笑った。

「チョウ子はどういうわけか、なかなか字がおぼえられない。だから、書きたいことをチョウチョの絵であらわすんだ」

チョウ子から少し離れたところで、ツキミが空を見上げている。

「きみはどんな才能があるの？」

光太の問いかけに、アイが答えた。

「ツキミは耳が聞こえない。でも昼間でも月や星が見えるの」

ツキミはふんいきで、アイが何を言ってるかがわかったようだ。

「きょうは月は出ていない。その分、星がよく見える」

「見えると何かいいことあるの？」

聞こえないツキミのために、アキが指を動かして通訳した。アキがあみだした手話通訳だ。

「星たちは昼間、人には見られないので、安心していろんな光り方をするんだ。夜はほとんど光らないのに、体を張ってキラキラさせたり、反対に夜はがんばって明るくしてるのに、昼間はねむってる星だってある」

「昼間の星がほんとうの姿なんだって。ほんとかなあ、って思うけど」

と言って、アキはクスクス笑った。

「ほんとうなら大発見よね」

秘密基地仲間

アイがアキに告げた。

「きょうこそ決行するわ」

「アカンタ、承知しないよ」

「でも、いつまでものけ者にできないわ」

「アカンタがどうしたの？」

とたずねたのはケイ子。アキが答えた。

「飛びこみ岩があるの」

カナオが魚と話をしていた川の上流に、垂直の岩壁がある。高さは三メートくらい。半年前、この岩のすぐ上に秘密の基地をつくった。

「秘密基地に入れるのは、飛びこみ岩から川に飛びこむことができた者、ということにしたの。みんな、目をつぶり、エイヤッと飛びこんだ」

「アカンタだけができなかったのね」

「川がしぶきを上げ、ゴーと音をたてる。それがこわいらしいの」

ケイ子は大歩危、小歩危と言われる吉野川上流の急な谷筋を思いうかべた。

「大ボケ？　小ボケ？　そうか、アカンタはボケッとしてるものね。登校拒否になったのは、シュウサが飛びこんでからよ。自分はダメな子と、自信をなくしたんだ」

「学校には行かなくてもいいけど、友だちは必要よ。クラス仲間のわたしたちがなんとかしてあげなくちゃ」

アイがアカンタに寄りそうのは、そういうわけか。アイは心のやさしい子なのだ、と光太は思った。どうやら光太はアイに引かれだしたようだ。

アキは「そうね」と、アイに何やらヒソヒソと耳うちした。

当のアカンタは、ツキミのように昼間でも星が見えないものか、と空を見つめている。

アイが両手でアカンタの目をふさいだ。

「わたし、星見えるのよ」

「うそだ」

「ほんとうよ、心の目で見るの」

「心の目？」

「そう。アカンタも目かくししたらわかるわ」

アイがタオルでアカンタを目かくしし、手をつなぐ。

「お花にチョウチョが止まっています」「木の枝が風にゆれています」などと語りながら歩くと、アカンタはうん、うんとうなずいてそろっと歩く。

谷道に入り、飛びこみ岩の手前までやって来た。もう少しだ。

流れはゴーと音をたてている。

ここは耳の聞こえないツキミの出番だ。

「ぼくが星たちの声が聞こえるのは、心の耳で聞くからだよ」

アカンタは耳にせんをされた。川の音だけが聞こえなくなる、ふしぎな耳せんだ。

いよいよ飛びこみ岩。

「前から雷さまが近づいてきました」

アカンタは後ずさりする。

アイがのどの奥から、魔法使いのおばあさんみたいに、ぶきみに声をふるわせた。

「カミナリサマだぞー」

アカンタはあわてて後ろにさがった。

「あーっ」

悲鳴とともに川に落ちた。

ドボドボッとしずむ。死にものぐるいのアカンタ。めったやたら、バタバタと手足を動かす。

どういうはずみだろう。フワッと体がういた。

ゴボゴボとせきこみながら、アカンタは顔を上げる。ニッと白い歯がこぼれた。

こぼれ城の泣き虫

はれて秘密基地の隊員になったアカンタ。最初「だまされた」とぶつぶつ言っていたが、アキに、

「あす、学校に来るのよ」

と言われ、「うん」と、素直にうなずいた。

次の日、教室には全員がいた。アキからみんなに集合命令が出ていたのだ。

アキが筒黒板に「こぼれ城の夜」と書きだした。秘密基地をこぼれ城と呼ぶことにした

という。

「みんなそろったので、ひと晩、お城で過ごそうと思うの」

アキが予想したとおり、次々に後ろ向きの言葉が出た。

「親が許さないわ」

「食事はどうするんだ」

「基地には布団もないじゃないか」

「夜は真っ暗だぞ。何もできないよ」

アキは一つひとつ答える。

「親には、友だちのところでキャンプするっていうの」

「食事はそれぞれ自分でつくる。家の人には、みんなでお料理を持ちこむっていうの」

「毛布持参よ。キャンプなんだって言えばいいの」

「真っ暗がどうだっていうの。アイなんか目が見えなくても、みんなと仲良くしてるでしょ」

「何もできないだって。それぞれ得意なことあるじゃない」

だれも言い返せず、「こぼれ城の夜」を体験することになった。

アカンタは、「アイの家に集まるから」とうそを言って、カレーライスをつくった。「雲見トリデ」に置いている天体望遠鏡をかついでやって来た。胸を張っての堂々たるお城入りだ。

バイオリンをかかえてやって来たのはアイ。チョウ子はチョウの着ぐるみ姿。カナオは魚の形の帽子を、ツキミは三日月の飾りがついたカブトを、それぞれかぶっている。

シュウサは難しそうな分厚い本を手にし、頭にはヘッドライト。このライトで照らして本を読む気らしい。

光太とケイ子も「こぼれ城の夜」に招待された。

城といっても、飛びこみ岩のすぐ上の太い木の枝にかけた小さな小屋だ。壁もない吹きさらし。

光太が「こぼれトリデにすれば」と余計なことを言ったものだから、アキがむきになって返した。

「お城はコボレ組が一つにまとまってるシルシ。トリデじゃダメなの」

いよいよ「こぼれ城の夜」が始まった。

アイがバイオリンをあごにあてる。

大人の知らない子どもの力
子どもは何でもやれるんだ
みんなそろったコボレ組
日暮れとともにつどいあう
子どもの世界、こぼれ城

アイ得意の即興ひき語り。リズムに合わせて、小ダイコをたたくしぐさをしていたアキが、とつぜん、ワッと泣きだした。あまりにも感動し、感きわまったようだ。

いつも強がっているアキ。だが、ほんとうは泣き虫女の子。

ということを、組のみんなは知っている。

アキが隊長に選ばれたのは、一番の弱虫だからなのだ。

「ニンゲンの世界では、強がりが力を見せつけようとして、戦争になるって聞いたわ。弱虫の方がいいの、みんなで支えてあげる」

と、後でアイが光太とケイ子に教えてくれた。

才能大爆笑

アカンタは、こぼれ城の夜の次の日も登校した。

お母さんが「きょうも学校？　むりすることないのよ」と言ったけど。

教室にはカナオ、チョウ子、ツキミが先に来ていた。アカンタのすぐ後に、アイがアキといっしょに入ってきた。

全員が登校するなんて、初めてのことだ。「こぼれ城の夜」の体験が、みんなを変えたのだろうか。

全員そろったのを確かめて、シュウサが紙を配った。白紙だ。

アキがシュウサをじろっとにらんだ。

「なんのまね？」

「作文を書いてもらう」

シュウサはとりすまして、黒板に「勉強」と書いた。

「なぜ勉強するのかを書いてほしいんだ」

いっせいに「勉強なんかシュウサだけがやればいい」と、文句を言いだした。

「九九ができなければ、買い物にも困る。字を知らないと本が読めない」

シュウサの話をだれも聞いていない。シュウサは作戦を変えた。

「勉強してなきゃ、大人にかないっこないんだ」

「まちがってる」

アカンタがめずらしく色をなした。

「勉強しろ、というのは大人の考えだ。勉強できるのはいい子、かしこい子、役に立つ子と決めてかかってるんだ」

「ぼくはそんなこと言ってない。勉強は楽しいってこと知ってほしいだけ」

「それが大人の考えなんだ。こぼれ城の夜でわかったじゃないか」

「ん？」

「勉強できなくたって、子どもはいろんなことやれるってこと証明したんだ」

あの夜、アカンタは天体望遠鏡で、だれも見たことがない星を見つけた。ツキミが「新発見だ。アカンタ星って名前になるかもしれないぞ」といったことをさしている。

アキがスクッと立ち上がった。

「アカンタのいうとおりよ。大人たちに子どもの才能を見せつけようじゃないの」

数日後、学校のグラウンドで「子どもの才能大爆発」というイベントが開かれた。大勢の大人たちが、興味本位に集まってきた。

ツキミが昼の月のもようを語り、アカンタが天体望遠鏡で確かめるという企画だ。アキの大ダイコを合図にイベントがオープン。

「おばあさんが、ゆりかごをかかえ上げようとしています」

ツキミが月の表面のもようを、こう言いあらわすと、

「何をバカなこと言ってるんだ。ウサギがもちをついてるに決まってるじゃないか」

と、大人たちから、ののしる声がとんできた。耳が聞こえないツキミはすずしい顔だ。

アカンタが望遠鏡をのぞきこんだ。

「おばあさんとゆりかごが見えます。まちがいありません」

アイがバイオリンをひきながら歌う。

おばあさん　ゆりかご見つけ
おどろいた　中に赤ちゃんねむってる
山からおうちに連れ帰り
大事に大事に育てたよ

チョウ子がしわだらけのおばあさんに変身。カナオは、ほっぺたをアンパンマンみたいにまあるくして、赤ちゃん顔になっている。

これまでかくれていた二人の芸当にアキはびっくりし、ドドドンドン、ドドドンドドーンとタイコをはげしく打つ。

大人たちから「すごいぞ」の声。盛んな拍手がわきあがった。

光太とケイ子は大人たちの後ろで、イベントを見つめていた。気がつくと、二人のすぐ前にシュウサが立っている。

はつらつとしているクラスメート。シュウサはそれがうれしかったのだろう。

「この組でよかった」

一人つぶやくシュウサの声を、光太とケイ子の耳がとらえていた。

ソリ競走

「コボレ組の七人、どうでした」

両手を広げ、光太とケイ子をむかえてくれたサブレ王子が感想を聞いた。

「さかさってこと、よくわかりました」

ケイ子は無難に答えたが、光太が小さくもの言いをつけた。

「勉強しなくていいというのはそのとおりだと思います。でも、かけっこはビリがいいというのは、ぼくはまちがいだと思います」

光太は五〇メートル走では、いつも真ん中くらいだ。勉強はビリの方だけど、徒競走はがんばっているつもりだ。

「はやければはやいほどいい。とニンゲンは考えてるようですね」

どうやら王子は、新幹線とかリニアモーターカーのことをさしているようだ。

「ほんとうにはやいのはいいことか、ソリすべりで確かめてみましょう」

王子の話では、ドッミラピから見た住宅地の向こうの山は砂でできていて、子どもたちがソリすべりを楽しんでいるという。

「ひとつ、コボレ組とドナシ組で競ってもらいましょう」

というが早いか、王子はオアソビ大臣に会場をつくるようにと命じた。

「ドナシ組って、へんな名だなあ」

光太が頭をひねると、ケイ子がクスクス笑った。

「オチ小学校のコボレとドナシ。オチコボレとオチドナシ」

「そうか、ドナシ組は優等生クラスなんだ」

「シュウサですら入れんかったくらいだから、エリート中のエリートばかりなのね」

コボレ組・ドナシ組対抗ソリ競走は二日後に開かれた。

参加は各クラス三人以上と決められ、それぞれのクラスでソリを手作りして競走に臨んだ。

ドナシ組は三人が出場。三人ともスキーウエアにかっこいいヘルメット、目にゴーグル、足はスキーシューズという、やる気まんまんのいでたち。コボレ組は七人全員が出場。アイとアキ、アカンタがチャチなヘルメットをかぶっている以外は、いつもの身なりだ。

ソリからして、出来栄えがまるでちがう。ドナシ組の方は軽い金属を使っていて、いかにもスピードが出そうな、スマートなつくり。コボレ組のは木でつくられ、ゴツゴツしてなんとも重そう。

コースは急斜面を下り、斜面につきでたコブをこえて、ゴールにいたる。ゴールのすぐそばを小さな川が流れているという変則コースだ。

コブは大臣の工夫したところ。川の向こうに砂丘が広がっているが、スタートのところからはコブのかげになって、見えない。

サブレ王子が、「競技開始」を宣告。

コボレ組の一番手はツキミ。アキがタイコをたたき、その音に合わせてスタート。ソリはガタガタゆれ、トロトロとすべる。コブの上りで止まりかけたが、かろうじてこえた。ゴールしても止まることができず、川にズブズブとはまりこんだ。

アイ、カナオ、チョウ子、アカンタがつづく。みんな川に落ちた。

ドナシ組の一番手は勉強もスポーツもできる万能型。さすがにはやい。コブのところでドーンと大きくジャンプ。いっきに川をこえたが、勢いあまって、砂丘に頭からつっこんだ。二人目の頭がよくてきれいな顔の女の子も、三人目の「テンサイ」と呼ばれるクラスリーダーの男の子も、川をこえたあと、同じように真っさかさまに。上半身が砂丘にもぐりこみ、足をバタバタさせて、「もういやだ」と砂の中でもがいている。

びしょぬれになって、川から出てきたコボレ組。

ツキミが「川から見た月はきれいだった」と言えば、カナオは「メダカとお話しした」と顔をほころばせた。

「チョウチョが水に入るとこ、想像できた」とチョウ子。アカンタは「ぼく、水が好きになった」とほほえむ。アイはヘルメットをひっくり返して水を流しながら、「もっともっとやりたい」とはしゃいでいる。

「ね、遅いほうがいいでしょ」

サブレ王子は光太とケイ子に目をむけ、ニッコリ笑った。

6　夢か現実か

空中ブランコ

光太とケイ子が虹の国の空港にもどってきた。キオ姫、タマ子先生、それにアイ組のみんなが出迎えてくれた。

さっそく、教室で「報告会」が開かれた。

教壇に立った光太は、ぼそぼそと口を開いた。

「オチ小学校では……あのう……先生がいません」

「先生がいないだって？」

タマ子先生が目ん玉をむいた。

「副虹はくるってる。そうは思わなかったの」

「そのう……生徒が先生になるんです」

「勉強にならないじゃないの。いったいどういうこと？」

光太に代わってケイ子が教壇に上がった。

「オチ小学校のコボレ組では、勉強はしたい子がすればいいのです」

「勉強したくない子は、しないですむじゃないの」

デッカチが、ガバッと立ち上がった。

「そこって、希望の島じゃないのか」

「希望の……？」

ケイ子は、パッと思い出した。あい丸で海にのりだしたとき、デッカチが「希望の島にたどり着けるだろう」と話したのを。希望の島には、先生のいない子どもだけの学校がある。デッカチはたしかにそう言った。

オチ小学校が希望の島の学校だったのだろうか。でも副虹の国は島じゃなかった。

ケイ子は「わからない」とつぶやいた。

タマ子先生は「勉強しないからわからないの」と、筋ちがいなことを言って、ケラケラと笑いだした。

「オチ小学校コボレ組。落ちこぼれのクラスね。勉強しないから落ちこぼれたんだ」

「ちがいます」

ケイ子がくってかかった。

「勉強ができなくても、みんなそれぞれ他の人にはない能力があります。勉強をしいるのは、その能力の芽をつみとることになるんです」

タマコ先生は顔を真っ赤にし、口をへの字にまげた。

ケイ子は言いすぎたか、と気がとがめ、サブレ王子の言葉を言いそえた。

「学問ができないことも大事、と王子はおっしゃってました」

「バカな！　博士はどうなるのよ」

「王子は博士のこともよくごぞんじでした。エライ先生だけど、副虹の国では反対だとか……」

デッカチがにらむような目をむけた。

「さかさ、とは学問を認めないということなのか」

デッカチは、希望の島の学校が副虹の国にあることに、ショックを受けたのだろうか。

これまで、人をしめつけるような言い方は一度もしなかった。きょうのデッカチはいつもとちがう。

「では、オチ小学校とやらでは、何をやるんだ?」

ケイ子は、コボレ組の教室にあった空中ステージのことを話した。

「かしこい男の子が先生になっていたけど、女の子は勉強せずにステージでタイコをたたいてた。すごかったわ」

「逆立ちしてたたいたのか」

「いや、そこまでは」

デッカチは、

「ぼく、空中でさかさタイコをやってみせます」

そうタマ子先生に告げ、やおらノートに線を引きだした。

「空中リフトの設計図です。大臣につくるよう頼んでください」

数日後、教室の天井に二本のレールがしかれた。小型自動車用のような小さな車輪が、レール上を転がる仕組み。その車輪の軸の両はしからバーがつり下げられている。

リフトというより、動く空中ブランコだ。

デッカチはどこで調達したのか、大ダイコを床に置いた。タイコをたたくバチを両手に持ち、鉄棒の逆上がりみたいに、バーに足をかける。

エイとかけ声をあげ、頭を下にしてぶら下がった。

「しろうとがサーカスできるわけないだろ」

光太はこわくて目をふさいだ。

ケイ子は目をキッと開いて見つめている。あえて向こう見ずなことに挑むデッカチ。その気持ちがわかるような気がするのだ。

さかさコンサート

デッカチが体を前後にゆすると、リフトは少しずつ前に動いた。

タイコの上まで進んだので、デッカチがバチをふり下ろした。

トンと弱い音。かすっただけだが、さかさタイコは、まあなんとか成功だ。

バーから降りてきたデッカチに、センリがだきついた。

「わたし、さかさバイオリンやる」

つられて「ぼくはさかさアコーディオン」とゴクミミ。キオ姫が「ハープをひくわ」と言ったものだから、タマ子先生まで「トランペットを吹こうかしら」と、はにかむように言った。

「よし、さかさコンサートをやろう」

デッカチが大声で宣言し、紙に何やら計算式を書きはじめた。

「車軸もバーも長くしてみるが、それでもぶら下がれるのは四人が限度。センリ、ゴクミミ、ぼく、それにテナガ。ぼくはさかさ小ダイコをやる」

「オレは何をひくの？」

と聞いたテナガに、デッカチは申し訳なさそうに答えた。

「アシナガに床で逆立ちしてもらう。その足を手で支えるのがテナガの役目」

テナガとアシナガは不満そうに口をとがらせた。

「きっとニュースになる。テナガとアシナガによって、どんなに高いところでさかさ演奏しているかを、国中の人にわかってもらう」

デッカチは「大事な役だよ」と念をおした。

「ハープとトランペットは床で演奏するの？」

と、これはキオ姫の質問。

「そう、上と下からのステレオだ」

「じゃあ、その中間が最高の席ね」

「そうだ、女王さまを招こう」

デッカチはテニスの審判台のような高いイスを用意すると言った。

「演奏曲、どうするの？」

センリがたずねると、キオ姫が『にじ』の曲を候補にあげた。

「ニンゲンの国の保育園なんかで歌ってるそうよ。スローテンポなので、さかさ演奏にいいと思うわ」

こうして「さかさコンサート」の日をむかえた。

女王さまのすぐ後から、「レインボーニュース」の女性記者がカメラをさげてやって来た。

デッカチのねらいどおりだ。

トランペットのファンファーレを合図にコンサートが始まった。『にじ』のメロディーが教室に流れる。

ハープのすみきった調べと、バイオリンのすがすがしい音色。アコーディオンのやわらかなひびきに、小ダイコがアクセントをつける。

上と下からの音がとけ合い、つむぎだされる七色のハーモニー。

笑みをたたえて聞いていたニコニコ王女さまが歌いだした。

「みあげてみれば　ラララ　にじがにじが　そらにかかって……」

すみわたる空のような、すきとおったきれいな声が、教室をさわやかに包む。


これも、じつは初めのうちだけ。さかさになっての演奏なんて、一流のサーカスだって
そうそうできるものでない。

デッカチは始める前、「五分間演奏できればオーケー」とみんなに言っていた。

「五分のしんぼうだ」

さかさ組は歯をくいしばった。四分五十九秒までがんばったところで、とうのデッカチ
が力つき、頭からゴツンと落ちた。

「学問より大事なものがあるって、ほんとうだ」

デッカチは頭のたんこぶをなで、にが笑いした。

劇・巡礼姉妹

光太とケイ子のための送別会が開かれた。

女王さまが「さかさコンサート」の後、「なごりおしいわ」ともらしたことから、催されることになったのだ。

会場は王宮大ホール。と、王宮の役人が教室に伝えてきたとき、デッカチがひとことつぶやいた。

「大ホールでは、演劇が行われることが多いんだ」

「そうか、劇か」

ケイ子はまよわず言った。

「巡礼おつるだわ」

光太は「キオ姫の館」でマンザイをやらされてこりている。ぜったい、いやだ。

「おつるとお弓しか登場しないんだろ。みんなが出られる劇でなきゃ」

「コウちゃんの言うとおりよね。みんなでやる劇、考えてみる」

ケイ子は一晩かけて台本を書き上げた。

題は「巡礼姉妹」
第一幕「お団子ホイサッサ」の段
巡礼・たて鳥（主人公、センリ）、よこ鳥（たて鳥の姉、タマ子先生）
さむらい・五久味々衛門《ごくみみえもん》（ゴクミミ）
かごひき・あしがる（アシナガ）、てがる（テナガ）
第二幕「親心カネ心」の段
たて鳥、よこ鳥
姉妹の父・欲ノ皮張兵衛《よくのかわはりべい》（光太）、母・ユミナ（ケイ子）
第三幕「希望は虹の国」の段
たて鳥
虹の国から来たさむらい・出花千恵蔵《でっかちえぞう》（デッカチ）、
奥さん・キオ乃（キオ姫）
ケイ子は光太にノートを開いてみせた。いろいろとせりふが書きこまれている。まがりなりにもシナリオらしくなっている。

ケイ子は何でもやれるのだ。

あーぁ。光太がため息をつくと、ケイ子がピシャリと言った。

「虹の国での最後の仕事よ。しっかりして」

その日から、アイ組の教室でけいこが始まった。送別会は一週間後だ。舞台づくりや大道具、小道具、衣装の用意など、てんやわんやの忙しさ。なんとか間に合った。


いよいよ本番。

会場は虹の国の大勢の人たちで、ぎっしりうまっている。

幕が開いた。

おばあさんに育てられたよこ鳥、たて鳥の姉妹は、お父さんとお母さんを探し求める旅に出る。おばあさんから二人それぞれに、旅費としてお金をわたされたが、よこ鳥が「わたしが預かる」と、たて鳥の分を横取りしてしまった。

よこ鳥は「つかれた。歩けない」とかごに乗る。かごひきのあしがる、てがるは「お団子ホイホイ、ホイサッサ」とかけ声をあげ、お茶屋の前を通りかかる。

お茶屋では、五久味々衛門が団子をほうばっている。

「妹さん。おなかが空いただろう」と、団子一皿をめぐんでくれたが、ここでもよこ鳥が横取りしてしまった。何も食べてないたて鳥は、おなかを空かしてよろよろと歩く。観客席から「たて鳥かわいそう」とすすり泣きの声。

姉妹は父母の住む家を探しあてた。

よこ鳥がおばあさんにもらったお金（といってもたて鳥の分）のごく一部をふくさに包み、「お父さま、お母さま、役立ててください」と、涙をためてユミナにわたす。

欲ノ皮張兵衛はたて鳥に「お前も出せ」と、口をひんまげておどしあげた。

「あたしはお金を持っていません。ごめんなさい」と、か細い声で謝るたて鳥。

「何、カネがないだと。出ていけ」

客席から「それでも親か」と、いかりの声がとびかった。

父親に追い出され、たて鳥は歩く力もなく、ふらふらっと道ばたで倒れてしまった。そこに通りかかったのが出花千恵蔵、キオ乃夫婦。千恵蔵がたて鳥の口元に耳をあてると、かすかに息がある。だき起こすと、たて鳥はうっすら目を開けた。

キオ乃が、すっかり冷めたくなったたて鳥のほおに手をあててあたためる。ほんのりと赤みがさし、目に光がもどってきた。

「虹の国に連れて帰り、わたしたちの娘として育てましょう」

たて鳥はこっくりうなずいた。

観客がいっせいに立ち上がり、声をそろえた。「虹の国は希望の国」

夢見心地の胴上げ

二学期が始まった。

きょうは始業式。光太が学校に向かっていると、少し先をケイ子が歩いている。

「虹の国、楽しかったなあ」

ケイ子はふりかえってキョトンとした。

「虹の国？」

「ぼくと行っただろ。タマムシ飛行機で」

「タマムシ？　そういえばタマムシ集めしたね」

「それで飛んだんだよ。ケイ子はぼくの後ろに乗ってたじゃないか」

「なに寝ぼけてんの、バカ」

始業式で校長先生の訓辞の後、養護の先生が「休みぼけからのぬけだし方」について語った。「要は心がけです」と言って話を終えると、ケイ子が手を上げた。

「光太くんがひどいぼけなんです。どうしたらいいですか？」

始業式の後、光太は保健室に呼ばれ、ケイ子もついてきた。

虹の国に行った話をかいつまんで語ると、先生はコロコロとはじけるように笑った。

「夢を見たのね。この夏はことのほか暑かったから、頭が正常に働かなくなってもおかしくないわね。夢が現実のように思えたのね、きっと」

「夢じゃありません。ほんとうに行ったのです」

「証明できる人いる？」

「ケイ子がいっしょでした」

「あなたがぼけてるって言ったのはケイ子さんよ」

「一学期の終業式のとき、ぼくが虹に真剣に行きたがってると、みんなの前で言ってくれたじゃないか」

「コウちゃんは真剣だって言っただけ。虹の国に行けるとは言ってないわ」

ケイ子は塾の先生に「この調子でがんばれば、京都の難しい大学の医学部に行ける」と言われたらしい。有頂天になり、頭の中が京都づけになって、虹の国に行ったきおくがふっ飛んだんだ。そうにちがいない。

「うーん、エイジさんならわかるはずです」

エイジが呼ばれた。一学期の終業式で「オレは甲子園優勝投手の夢がある」と胸をはった野球部のエイジだ。おじいさんが阿徳商業のエースだったそうだ。甲子園で大活躍し、優勝目前まで進んだと伝えられている。エイジの夢はおじいさんの夢でもあるのだ。

「ぼくはいつも甲子園で優勝し、ナインみんなに胴上げされる夢を見ています。何万人もの観衆の前で、とびはねる自分自身を想像すると、力がみなぎってきます」

「高校野球の胴上げなんて、聞いたことないわ。ま、いいか。夢だものね、ただの」

「先生、ただのってことないです。夢だけど現実です、ぼくにとっては」

「じゃあ、光太くんの虹の国の話も、夢だけど現実ってことかしら」

「光太は、虹の世界で胴上げされてるんやないでしょうか。夢と言えば夢、現実と言えば現実」

ケイ子は、エイジの話を聞いているうち、虹の国に行ったような気がしてきて、クスッとしのび笑いした。

かんじんの光太。ぼんやりと、窓の向こうの空を見上げている。

ヤリの山の白玉を手に、アイ組の仲間に胴上げされている。光太はそんな夢見心地になっているのだ。

虹の国阿波おどり

光太は毎晩のようにうなされた。

「夢」「現実」

だれか知らない二人がこうごにさけんでいて、その声がたたきつけるように頭にひびく。

みんなが夢を見てるというけど、あんなにさまざまなドラマのある夢なんてあるだろうか。夢なんかじゃない、ほんとうに虹の国に行ったんだ。

エンゼが姿をみせた。クスクス笑いながら寝床の上で舞っている。

「やっぱり夢なのかなって、そう思ってるんでしょう」

「行ったって信じたいんだけど……」

「現実。そう確信すれば現実よ」

とだけ言って姿を消した。

年が変わって、エイジは阿徳商業に入り、早くもエースになった。夏の県の予選では決勝にまで進めず、甲子園優勝投手の夢はもちこしとなった。

阿波おどりのシーズンをむかえた。ケイ子は「海のちびっ子連」から名前を変えると光太に告げた。

「中学生なんだもの、ちびっ子って年じゃないわ」

「どんな名前にするんだ？」

「ひ・み・つ」

フフフと、意味ありげに目配せした。

阿波おどりの夜になった。光太は沿道でケイ子の連を、今かいまかと待ちわびている。

「ヤットサー」「ヤットヤット」

力のある少しかん高いかけ声が聞こえてきた。ケイ子の声だ。

連の名前に、光太はひっくり返りそうになった。

「虹の国連」

そろいのゆかたは、七色の虹が染めぬかれている。男おどりは手にうちわ、女おどりは扇子を手にしているが、それぞれに印刷された虹が、提灯の明かりで夜空にひときわ映える。

先頭を行くのは、男おどりのケイ子。腰をぐっとすえ、足をごうかいにさばく。指の動きもきめ細か。りりしく、しなやかな身のこなし。

「うまい」

光太は思わずうなった。

ケイ子の両側の女の子はぎこちない。

「アッ」

光太は息をつまらせた。一人は大きなドングリ目、もう一人は目が見えないようだ。センリとアイではないか。

三人の後ろでタイコを打ち鳴らしている男性の頭はすりばち型。その横で小ダイコをたたく若者は、鼻がツンととがっている。どう見てもデッカチとアカンタだ。

エンゼが、きれいな女おどりの人たちのまわりで舞っている。エンゼが連れてきたにちがいない。

次の日、光太はケイ子に声をかけた。

「虹の国と副虹の国からの特別参加、よかった。これがほんとの虹の国阿波おどり」

「なによ、わけのわからないこと言って」

「ケイ子の横と後ろにいた、虹の国の子のことだよ」

「えっ？　あの子たちは前から連にいた子よ」

ケイ子はゲラゲラ笑いだした。

「コウちゃん、まだ夢を見てるんや」

光太は言い返そうと口をもぐもぐさせる。うまい言葉が見つからない。心の中では、ぜったいに虹の国と副虹の国で出会った子どもたちだ、と思ってるけれど。

エンゼなら、「そのとおりよ」と言ってくれるにちがいない。

光太は毎晩、目をこすってエンゼがやって来るのを待った。

阿波おどりの夜を最後に、エンゼが姿を現すことはなかった。

（おわり）

著者プロフィール

いの しゅうじ

本名・井上脩身。

1944年、大阪府生まれ。

早稲田大学法学部卒。

毎日新聞大阪本社社会部を経て、同編集局編集委員などを歴任。

共著に『教育を追う』シリーズ④「国際化の中で」、⑤「十五の春」、⑥「幼・少年期」(いずれも1978年、毎日新聞社)、毎日新聞徳島支局編『見た！阿波選挙』(1984年、教育出版センター)。

著書にショートエッセー集『酔花』(2010年、昭英社印刷)。

2015年10月より近鉄文化サロン上本町文章教室講師。

光太　虹の国に行く

2023年11月15日　初版第1刷発行

著　者　いの しゅうじ

発行者　瓜谷 綱延

発行所　株式会社文芸社

〒160-0022　東京都新宿区新宿1－10－1

電話　03-5369-3060（代表）

03-5369-2299（販売）

印刷所　図書印刷株式会社

ISBN978-4-286-24684-0